ein Ullstein Buch

Vom gleichen Autor
in der Reihe der
Ullstein Bücher:

Zauberbann der Venus (2944)

Ullstein Buch Nr. 3196
im Verlag Ullstein GmbH,
Frankfurt/M — Berlin — Wien
Titel der amerikanischen
Originalausgabe:
TITAN'S DAUGHTER
Übersetzt von Ingrid Rothmann

Erstmals in deutscher Sprache

Umschlagillustration: ACE
Umschlaggraphik: Ingrid Roehling

Printed in Germany 1975
Gesamtherstellung:
Augsburger Druck- und
Verlagshaus GmbH
ISBN 3 548 13196 4

# Richard S. Shaver

# Titans Tochter

SCIENCE-FICTION-Roman

Herausgegeben
von Walter Spiegl

ein Ullstein Buch

Die Brände eines erbarmungslosen Krieges hatten das Umland des einst schönen Ekippe, der riesigen Stadt der Sumpfmenschen auf der südlichen Venus, zu einer Narbenwüste versengt.

In einem Umkreis von fünfzig Meilen war das Grün der landwirtschaftlich genutzten Flächen und Gärten verbrannt und ausgedörrt, bis schließlich kein Erdreich mehr den Boden bedeckte. Die schwelende und noch rauchende Oberfläche war mit einer Glasschicht bedeckt, die sich neu gebildet hatte.

Nun schwiegen die Kriegsstrahler, ihre Energien waren von Feldern eines statischen Magnetismus lahmgelegt worden. Eltona, unsere Führerin, ein Roboter der Alten, hatte ein Magnetgerät erdacht, das die Dynamos mittels Überinduktion ausschaltete.

Nonur, seit dem Tode von Hekate Anführerin der Rotmäntel vom Kult des Hag, war mit ihrem mörderischen Gefolge vor unseren blanken Waffen zurückgewichen.

Das Schwert war jetzt die einzig brauchbare Waffe innerhalb des starken Magnetfeldes, welches die Kraft eines jeden Dynamos zerstört hatte. Und wir hatten festgestellt, daß die Rotmäntel dem Stahl nicht standzuhalten vermochten.

Ich, Jim Steele, hatte den Umgang mit den großen Schwertern der Sumpfmenschen bei den Arenakämpfen gelernt, die Nonur veranstaltet hatte, als ich ihr Gefangener war. Und ich brannte darauf, meine Klinge in möglichst viele Rotmäntel zu stoßen.

## 1

Die grotesk aussehenden grünen Sumpfmenschen kehrten still aus dem Dschungel zurück, in dem sie Zuflucht vor der titanischen Zerstörung gesucht hatten, die über die Festung hereingebrochen war, hervorgerufen durch die schrecklichen Waffen unserer Raumflotte, die aus den Raumschiffen der Alten bestand.

Traurig zogen sie über die rauchende, glasige Erde dahin und wichen abergläubisch den Leichen der versengten Sumpfbewohner aus, denen die Flucht vor der Massenvernichtung nicht mehr geglückt war.

Die Sumpfmenschen, eine Gattung, die eine Besonderheit auf der Venus darstellt, sind grünhäutig. Ausgestattet mit Kiemenschlitzen im Nacken, deren hervortretende und gewölbte Kiemenfransen ihnen das Atmen unter Wasser ermöglichen, haben sie daneben auch Lungen für die Luftatmung.

Weitere Kennzeichen sind große schwimmhautbewehrte Hände und Füße, unbewegliche starre Augen und auf dem Kopf ein borstiger Kamm. Es sind Amphibien, Geschöpfe von hoher Intelligenz. Ihre Städte sind raffiniert gebaut und gut befestigt, die barbarische Kultur kunstreich — wenn auch für einen Erdenmenschen wie mich nicht völlig verständlich. Ich konnte es ihnen nicht verargen, daß sie dem plötzlich aufflammenden Kampf zwischen den Amazonen Lefernians, die vom mächtigen Mer-Volk unterstützt wurden, und der giftigen Vampirhorde Nonurs — der auf der Erde geborenen Führerin der piratenähnlichen Rotmäntel — ausgewichen waren.

Unsere Führerin, ein Roboter der Alten, oder vielmehr das synthetische Lebewesen, das ich in einer vergessenen Stadt im Hitzegürtel der Venus entdeckt hatte, hatte sich Nonurs Geschick im Umgang mit den uralten Höhlenwaffen überlegen erwiesen. Unsere Eltona war unsterblich, sie war in jener vergessenen Zeit synthetisiert, das heißt in eine synthetische Lebensform übergeführt worden, als in den Höhlen die größte technische Zivilisation, die unsere Planeten je sehen sollten, blühte. Ihre Ausbildung war Nonurs modernem und höchst oberflächlichem Wissen vom Gebrauch der alten Waffen, die das längst vergangene Herrengeschlecht hinterlassen hatte, so überlegen, daß die Rotmäntel gegen uns keine Chance hatten. Und als es dann zum Kampf mit dem kalten Stahl kam — auf den Eltona die Kampfhandlungen sofort beschränkte — erwiesen sich unsere Amazonen als unschlagbar.

Während ich der mechanisch ausschreitenden, jedoch anmutigen Gestalt Eltonas folgte, durch Tunnels, mühsam in den Basalt gebohrt, vorbei an der düsteren Großartigkeit der Bildhauerkunst der Alten, mit der die Wände prächtig geschmückt waren, befiel mich Niedergeschlagenheit, jedoch nicht wegen der düsteren Umgebung aus toter Vergangenheit.

Nonur hatte sich in ein undurchdringliches metallisches Versteck zurückgezogen, in ein altes Zeit-Verlies, wie man jene Einrichtung nennt, die dem Geschlecht der Alten zur Flucht aus dem Leben diente.

Das Zeit-Verlies ist eine Erfindung, die heute noch immer nicht ganz verstanden wird. Doch wußte ich, daß die überaus harten Metallwände etwas enthielten, das jeglicher Kraftanwendung widerstand, da Eltona auch nicht den leisesten Versuch unternahm, die Wände zu sprengen. Das Zeit-Verlies war ein Ort, an den sich das Geschlecht der Alten zurückzog, wenn es seines fast unsterblichen Lebens müde wurde und dort Jahre oder Jahrhunderte in völliger Entspannung verschlafen und sich der Ekstase seiner Traumbilder und -Gefühle hingeben konnte. Beim Betreten des Zeit-Verlieses wurde an der Tür ein Spezialschloß eingesetzt, ähnlich unseren Tresor-Türen, das anderen ein Eindringen vor Ablauf der eingestellten Zeit unmöglich machte. Zusätzlich gab es dabei ein weiteres Geheimnis — eine Art Zeitverzerrung oder irgendeine andere Besonderheit der Energietransmutation, wodurch das Metall der Wände undurchdringlich gemacht wurde. Auf diese Art schützten die Alten ihren Rückzug aus dem Leben, solange es ihnen beliebte.

Was meine Niedergeschlagenheit verursachte, war die Tatsache. daß wir nicht wußten, wann Nonur herauskommen und ihre Trümpfe ausspielen würde. Und Nonur und ihre böse Gefolgschaft hatten meine junge Braut als Gefangene bei sich.

Ceulna! Mein Herz schlug im Rhythmus ihres Namens, immer und immer wieder. Würde ich sie je wiedersehen, oder würde ich Jahr für Jahr vor dem alten undurchdringlichen Zeit-Verlies sitzen und warten, während Nonur sich an den Traumekstasen der Alten delektierte. Und Ceulna . . .? Vielleicht würde sie verhungern oder zu Tode gefoltert werden, oder sie war vielleicht schon tot. Denn als letzte Geste des Hohns und der Teufelei hatte Nonur ihr einen Dolch an die Kehle gehalten, als die großen Gewölbetüren des Zeit-Verlieses sich zwischen uns geschlossen hatten — vielleicht für immer.

So kam es, daß ich in niedergeschlagener Stimmung meiner anmutigen Roboter-Führerin Eltona zurück an die Oberfläche folgte. Niedergeschlagen und entmutigt, trotz unseres schwer errungenen Sieges über das Unheil, das die schmarotzerischen Rotmäntel darstellten. Denn ohne Ceulna waren die Früchte des Sieges für mich nur tote Asche. Was kümmerte es mich, daß die Tuon-Amazonen ihre Jugend und Spannkraft wiedererlangt hatten, nachdem sie einem Angriff von radioaktivem Sand hatten standhalten müssen — da ich Ceulna verloren hatte. Was kümmerte es mich, daß die anmutige und reizvolle Eltona sich umdrehte und mitfühlend und verführerisch lächelte, als sie mein trauriges Gesicht sah? So, als wäre sie die verruchteste der vielen synthetischen Schönheiten aus vergessener Zeit — für mich war sie nur ein intelligenter Roboter.

Was nicht ganz stimmte. Denn eine Zeitlang hatten mich ihr Charme und ihre Intelligenz bezaubert, die Wiederspiegelung unendlicher Schönheit, die von ihrem Geist ausging und den Verstand aller Sterblichen in Ehrfurcht vor ihr verharren ließen — bis ich fotografische Studien von ihr gemacht hatte, um der Wahrheit über ihren Körperbau auf den Grund zu kommen. Viel hatte ich dabei nicht in Erfahrung gebracht, bis auf die Tatsache, daß ihr Geschlecht nicht genau dem entsprach, was der moderne Mensch Geschlecht nennt. Denn Eltona war gleich Proteus ein leicht wandelbares Wesen, das in den Augen eines Sterblichen jede beliebige Illusion über seine Natur und Erscheinung hervorrufen konnte. Indem sie die Sehnsüchte eines Menschen las, beantwortete sie sie in Vollkommenheit mittels ihres proteischen, chamäleonähnlichen Wesens. Was meine Gedanken- und Filmaufnahme enthüllte, war ein Wesen, schön über alle Vorstellungskraft hinaus — ja! Aber nichts, was ein moderner Mann hätte Frau nennen können! Denn Frauen dieser Art existieren in dem heute vorherrschenden Menschengeschlecht nicht. Doch sollte ich noch viel mehr über das Geschlecht der Ahnen menschlicher Rassen erfahren, als ich schon wußte. Auf seltsame Weise sollte ich erfahren, daß Eltonas Geschlecht doch keine reine Illusion war.

Neben Eltona schritt Onua, Führerin der Tuon-Streitmacht, deren Anmut und Energie wiederhergestellt worden war. Einsachtzig groß, eine höchst wirksame Kampfmaschine — und doch schritt sie mit der subtilen, schlangenhaften Geschmeidigkeit der Ur-Versucherin einher. Ihr langer, schimmernder Metallmaschenmantel hing faltenreich bis zum Boden. Er umhüllte sie zur Gänze und war auch den stärksten Strahlen gegenüber undurchdringlich. Der lange Umhang war das einzige richtige Kleidungsstück, das sie trug. Alles übrige war reizvolle tätowierte Hautoberfläche. Die juwelenbesetzten Riemen und Gürtel ihrer Waffenausrüstung verbargen oder schmälerten die Schönheit ihrer Gestalt keineswegs. Die Ausrüstung war streng funktionell — von Haken und Schnallen hing ein Dutzend winziger tödlicher alter Handwaffen. Wie die meisten Tuons bewegte sie sich mit fließender tänzerischer Grazie, einer Anmut, die ihr das Leben auf den kristallklaren Plastikkabelpfaden ihrer Baumstädte verliehen hatte. Sie also hatte ihren gewohnten wiegenden Gang wiedergefunden, und in meinem Herzen freute ich mich für sie, doch auch ihr Anblick gemahnte mich an Ceulna, und meine Freude verwandelte sich in Trauer.

Auf unserem Weg an die Oberfläche sahen wir, in den Höhlen verstreut, viele Tote liegen. Die roten Mäntel von Nonurs Gefolgsleuten des Inneren Zirkels lagen Seite an Seite, im Tode gleichgemacht mit ihren Dienern und Kriegern, zusammen mit den großen entenfüßigen Kämpfern aus den südlichen Sumpfregionen, den rothäutigen Abtrünnigen und den wenigen grünen Sumpfmenschen, die unter Nonur Dienst gesucht hatten. Die Schwerter der Tuons und ihrer rothäutigen Verbündeten hatten sich hingeschlachtet, als sie versucht hatten, unseren Angriff so lange aufzuhalten, bis Nonur ihren Fluchtweg gefunden hatte. Ich verfluchte die dumme Ergebenheit dieser Leute gegenüber der bösartigen falschen Verführerin, die sie bis in den Tod betrogen hatte.

Eltona verständigte sich im Geiste mit einem ihrer Roboter, der ihr in einiger Entfernung folgte. Ich konnte ihre intensiven und kraftvollen Gedanken klarer wahrnehmen als jede gesprochene Sprache.

»Legt diese Leiber in den Selectron. Ich möchte sie als Gattungsbeispiele in Bio-Plastik erhalten. Vielleicht werde ich sie nach der Behandlung wieder zum Leben erwecken oder die Körper als Reserveteile für Neuschöpfungen verwenden.«

Über Eltona hatte ich mir jegliches Staunen schon längst abgewöhnt. Ein moderner Verstand hatte ebensoviel Chancen Eltona zu begreifen, wie eine Ameise ein modernes Kraftwerk.

Die Roboter begannen nun aus Lagerräumen unter den Lebensmittel- und Waffenkammern große Blöcke amberfarbiges Kunststoffmaterial heraufzuschleppen. Sie wärmten das Zeug in großen viereckigen Metallfässern an, die vor langer Zeit offenbar zu diesem Zweck zurückgelassen worden waren. Als die Masse weich wie Leim und lauwarm geworden war, legten sie je einen der Leiber in ein Faß und ließen die Plastikmasse erstarren. Sodann verstauten sie die Fässer wieder in den Lagerräumen.

Während dieses Vorgangs, den ich genau beobachtete — ich wußte nicht, was ich sonst hätte tun sollen —, durchfuhr es mich plötzlich wie ein Blitz: Ich sah in einem der Blöcke von sich langsam erwärmender und schmelzender Plastikmasse eine menschliche, eine weibliche Gestalt liegen!

Ich rief Eltona etwas zu, sodann dem Roboter, der die Wärmezufuhr überwachte. Beide kamen sofort zu mir gelaufen.

Ich deutete auf die in dem wolkigen, schmelzenden Block undeutlich sichtbare Gestalt.

Eltona gab dem Roboter einen Gedankenbefehl. Mit phantastischer Kraft hob er die Plastikmasse aus dem Faß und stellte sie auf den Boden.

In der nächsten halben Stunde war Eltona damit beschäftigt, spezielle Apparaturen zusammenzustellen. Dann wurde die Plastikmasse wieder in das Faß zurückgelegt und die Hitze leicht gesteigert.

Als schließlich die amberfarbige Schutzschicht von den Gliedmaßen der Figur geschmolzen war, entfernte der Roboter die Masse wieder aus dem Faß.

Wir standen über die Gestalt gebeugt und mühten uns ab, das restliche amberfarbige Material von ihr abzustreifen.

Vor unseren Augen lag ein Mädchen mit erstaunlich entwickelter Muskulatur und von übermäßiger Körpergröße.

Ich sah Eltona fragend an, weil ich wußte, daß dies ein Wunder war, auf das wir lange gehofft hatten.

Jeder, der die gewaltigen Fähigkeiten des Altengeschlechtes kannte, hoffte und betete, daß irgendwie, irgendwann wenigstens einer von ihnen als Rettergestalt wiederkehren und das uralte medizinische Wissen und Verständnis den Sonnenplaneten wiederbringen würde.

»Wie kommt sie bloß her?«

»Eltona, rette sie!«

Unsere Gedanken überschrien einander aus Sorge, das Wunder dieser Entdeckung könnte dem großen Zerstörer anheimfallen, der alles Leben auf den Sonnenplaneten vernichtet, solange es eine Sonne geben würde. Der uralte Tod, der aus der Sonne stammt.

Eltona gab keine Antwort. Ihre Finger flogen förmlich über das Schaltbrett des Apparates, den sie zusammengestellt hatte. Strahlen erfaßten das Zwerchfell des Mädchens, andere wärmten sanft ihre Nasenflügel und zogen die Plastikpfropfen heraus, als diese durch die Wärme feucht geworden waren. Unter der mechanisch arbeitenden Druck- und Zugwirkung des Kraftstrahles pumpte das Zwerchfell nun regelmäßig. Eltona entfernte sich von dem Strahlenmechanismus, der nunmehr fast ein Dutzend wohltätiger Strahlen über die Gestalt ergoß. Sie suchte, wie es schien, stundenlang in den Wandschränken der Kammern, und keiner von uns konnte ihr helfen, denn wir begriffen nicht einmal, was sie wollte. Schließlich kam sie mit einer großen Injektionsnadel, stach damit in den Arm des Mädchens und spritzte die volle Ampulle einer Flüssigkeit hinein. Ich sah nach Minuten voller Sorge, wie in ihren seltsam glühenden Augen Verzweiflung aufstieg — und dann jagte sie eine zweite Spritze in die Brust des Riesenmädchens.

Zeit! Zeit! Ich beobachtete Onua, die sich in stillem Gebet beugte. Dieser Roboter und diese Amazone vermochten die Bedeutung des Fundes voll und ganz zu erfassen. Ich selbst konnte die Wichtigkeit nur an ihren Gedanken und Reflexionen ablesen. Wie oft war darum schon gebetet worden — um einen Messias der Götter der Vergangenheit. Und jetzt, vor meinen Augen, lag eine aus dem großen Geschlecht, aus blinder Anbetung der Vergangenheit zum Leben erweckt! Ein Riesenkind!

Meine Pulse hämmerten, als ihre Brust sich schließlich von selbst hob und senkte und einem anderen Rhythmus gehorchte, als dem mechanisch hebenden und drückenden Kraftstrahl. Als ihr schließlich Farbe in die Wangen stieg, wandte ich mich um und schlang die Arme um Onua. »Sie lebt! Sie lebt!«

Eltona bückte sich und hob die Hand des Riesenmädchens an ihre schönen Lippen! Ich wußte, was es für ihr müdes, einsames Herz bedeutete, dieses Mädchen aus der Vergangenheit gefunden zu haben. Als die langen Wimpern flatterten, als die blauen Augen sich verwundert Eltonas glühendem Gesicht und dann uns zuwandten, als ich hörte, wie sich Gedanken in ihr regten und durch den Generator verstärkt wurden, sich immer höher erhoben, schließlich das Gewölbe füllten, da begann diese wundersame, ehrfurchtgebietende Gedankenmusik des Altengeschlechtes die ganze seltsame Szene zu beherrschen. Die Gedanken des Riesenkindes sagten:

»Warum? Warum? Diese Veränderungen! Ich sollte doch nur den kleinen Tod nehmen und das Nichts durchschreiten — ich hätte inmitten der kalten Felsen von Calteran erwachen sollen, weit weg von dem Nichts dieser plötzlich versengenden Sonne. Ich hätte dank der reinen Kohlenstoffeuer der tiefen Höhlen Calterans erwachen sollen. Ich hätte dort leben sollen, wo der Tod unbekannt ist. Die Herren versprachen, daß hier niemand zurückbleiben sollte. Oh! Oh! Roboterweib, tröste mein Herz. Alle sind sie weg — weg!«

Eltona nahm das schöne Riesenhaupt in die Arme und begann mit einer Stimme zu singen, die ich bei ihr noch nie gehört hatte. Ein seltsames Lied war es, voll fremdartiger Harmonien, und durch diese Weise pulsten ihre Gedanken — laut, zu laut, um ohne Schmerz gehört zu werden, doch war es wohltätige Pein. Die Weise sang von alten Tagen, vom großen Geschlecht, sang vom wiedererstandenen Leben in ihren Armen und erklärte, warum man das Riesenkind zurückgelassen hatte. Kündete von der Katastrophe der plötzlich hereinbrechenden Sonnenflammen, die den Aufbruch beschleunigt hatten — und deshalb hatte man das Kind zurücklassen müssen. Dieses und sie selbst, Eltona, samt den anderen mechanischen Menschen, die nun mit geneigtem Haupt dastanden. Das Lied sang von Ruhm, von Arbeit, von schrecklicher Zerstörung auf den Planeten, den andauernden Kriegen, die sie austrugen — und von Eltonas Rückzug in die Ruinen ihrer alten Heimat, von Eltonas Lügen sich selbst gegenüber, die sie veranlaßten, so viele Jahrhunderte im Verborgenen zu bleiben, verborgen vor dem vergänglichen Leben unter der Sonne, das um so vieles minderer war als das wahre Leben.

Und die ganze Zeit über, während sie der schluchzenden Riesin vorklagte, wurde mein Herz von Mitleid erfaßt für dieses Kind, das seine Lieben so fern in der Vergangenheit verloren hatte und nun dem Schrecken des Alters entgegensah, vor dem dieses Geschlecht geflohen war. Verstand und Nerven empfanden Mitleid, das auch Eltona empfand. Ich wußte, daß das Altengeschlecht groß gewesen war, weil die Alten ein großes Herz und großen Verstand besessen hatten. Der Schmerz war für sie weitaus größer als menschlicher Schmerz und Kummer — unendlich verheerender.

Da knieten nun das Roboterweib und das lebendige Kind nebeneinander auf dem Boden, und ich neigte den Kopf, und Onua weinte leise in meinen Armen. Denn Wunder und Wehmut, die seltsame, vergangene Herrlichkeit und der Kummer dieser Augenblicke, überwältigten uns. Wir gingen leise hinaus und überließen es den beiden aus der Vergangenheit Stammenden, ihren Kummer allein zu tragen. Für uns war es unerträglich! Hoffentlich würde sich ihr Geist als stark erweisen, so daß sie dereinst den Menschen den Weg zu den Höhlen des kalten und sonnenlosen Calteran würden weisen können — wo immer dieser Planet auch sein mochte — und in die von Kohlenstoffeuer gewärmten Höhlen unter der gefrorenen

Oberfläche.

Onua, die leise in meinen Armen schluchzte, seufzte: »Jim, eines Tages finden die Menschen vielleicht die Höhlen des fernen Calteran wieder. Eines Tages, Jim. Immer werden wir darauf hinarbeiten, daß diese Reise zustandekommt, daß sie endlich möglich wird! Wie dumm wir doch bis jetzt waren! Wir hatten die Raumschiffe vor Augen, dazu so zahlreiche Spuren der Vergangenheit — und haben nicht begriffen, daß wir, um zu leben, dem Sonnenlicht entfliehen und uns in den fernen Raum zurückziehen müssen, wo es keine Radioaktivität gibt. Dort sollen große, reine Feuer in Höhlen entstehen, die unsere Städte wärmen, damit wir ein unsterbliches Leben voll Herrlichkeit führen, das Nichts mit unseren Raumschiffen überbrücken und immer weiter in eine neue und herrliche Zukunft vordringen! Dazusitzen und so viele Jahrhunderte lang nicht zu begreifen ... Die Menschen waren ja so dumm, Jim! Nie war mir so klar, was wir alles unterlassen haben! Unter dieser tödlichen Sonne kann es kein Leben geben. Die Strahlen enthalten zuviel zerstörende Kraft. Wen die Strahlen dieser Sonne treffen, der ist von jeglichem Kontakt mit dem wahren menschlichen Leben ausgeschlossen. Das bedeutet, daß wir alle jetzt so geworden sind, Jim. Jetzt sind auch wir Geschöpfe des Bösen, unter der Sonne des Bösen herangewachsen und daher viel zu zerstörerisch veranlagt, als daß man uns noch trauen könnte. Unsere Kriege, unser Elend, unsere Übeltaten künden davon. Es gibt kein geistig gesundes intelligentes Lebewesen, das uns nicht jeglichen Zutritt zu jenen Stätten des Friedens verweigern würde!«

Ich nickte. Ich wußte genau, was sie meinte. Denn die Augen jenes engelhaften Wesens aus dem Altengeschlecht der Riesen hatten uns voll Entsetzen angesehen. Für sie waren wir wie die armen Seelen in der Hölle. Wir standen als Geschöpfe so tief unter ihresgleichen, daß wir in ihrer Welt keiner näheren Betrachtung wert waren. Wir Wahnsinnigen, die das Leben unter der zerstörerischen Sonne verbrachten. Und sie war mitten unter uns erwacht und hatte sofort erfaßt, daß es für sie niemals Befreiung geben würde! Denn das Leben der Sonnenplaneten ist von jeglichem Kontakt von dem reinen Leben in den Höhlen der Allplaneten streng geschieden! Für sie war es, als wäre sie in ihrer himmlischen Heimat friedlich zur Ruhe gegangen — und in einer Hölle erwacht! Jetzt war sie eine der Verdammten und konnte nie mehr zu ihrem eigenen Volk entfliehen: denn sie war zu lange auf einem der zu meidenden Planeten unter der tödlichen Sonne gewesen. Diese furchtbare Wahrheit, die ich Eltonas Gesang und ihren Blicken entnommen hatte, würde ich als schmerzliche Last mit mir tragen.

»Onua — wir könnten einen Fluchtversuch wagen. Wir könnten Schiffe ausrüsten und in den Raum vorstoßen! Die Schiffe sind für solche Reisen ausgerüstet und mit entsprechenden Antriebswerken versehen. Jenes Volk, welches das Kind hier zurückgelassen hat, wird uns ganz sicher nicht aufnehmen, aber wir könnten ja auf eigene Faust einen sonnenlosen Platz suchen und ein neues Leben beginnen! Die Flucht vor dem Alter, das durch die von der Sonne ausgesandten radioaktiven Strahlen verursacht wird, könnte uns die Kraft dazu geben!«

Onua sah mich an. Sie hatte neuen Mut gefunden. »Ja, Jim, wir könnten es versuchen! Der Versuch macht uns vielleicht unserer Ahnen würdig, jenes Volkes, das so war wie dieses schöne Kind!«

## 2

Ein Monat sollte vergehen. Ein längliches schwarzes Schiff verließ die Venus, zog vorbei an der Planetenbahn der Erde, der Bahn des Mars, und gewann ständig an Geschwindigkeit.

An Bord des Schiffes befanden sich zweihundert Blöcke voll bernsteinfarbigen Plastikmaterials. Fünfzig enthielten Mer-Menschen, fünfzig Sumpfmenschen, fünfzig waren Tuon-Frauen, die die Angriffe der Rotmäntel heil überstanden hatten, da sie aus Panete stammten, das die Vernichtungskommandos Nonurs nicht erreicht hatten. Fünfzig stammten aus den Städten der Roten und waren durch das Los ausgewählt worden. Sie alle bildeten die Vorhut einer Wanderung, die so lange dauern würde, wie es auf der Venus intelligente Wesen gab.

Am Steuer saß einer von Eltonas Robotern, teilnahmslos, gelassen; er wartete, wartete, daß die Zeit verginge, daß er das All durchflöge, wartete auf den kalten Planeten, der sein Ziel bildete. Sodann würde er kehrtmachen und von der Durchführbarkeit des Projektes berichten.

Auf der Venus machte sich fieberhafte Aktivität bemerkbar, dazu eine Hoffnung, die hinter all dieser Tätigkeit und den von Idealismus getragenen Planungen steckte, wie man das nie zuvor gesehen hatte. Im Hintergrund dieser Aktivitäten arbeitete der synthetische Verstand Eltonas, ruhig und voll Zuversicht, und daneben wachten die traurigen, aber immer aufmerksamer werdenden Augen des Kindes der Alten — und gaben Ratschläge, »wie alles sein sollte«.

Zwillingsstrahlen verbanden Eltonas Bewußtsein mit dem jungen Sproß des Altengeschlechtes. Dadurch wollte der Roboter diejenigen menschlichen Eigenschaften gewinnen, die er für die selbstgestellte Aufgabe benötigte, den gesamten Planeten Venus unter einer planetenumfassenden Regierung zu organisieren, mit der Absicht, diesen erschreckenden Niedergang zu überwinden, der das Wesen, welches aus der grandiosen Lebensordnung des Altengeschlechtes stammte, zutiefst erschreckt hatte.

Den Verfall, den nur sie beide ganz zu begreifen schienen, seine Ursache und Natur — und jetzt war ein Heilmittel aufgetaucht!

Mit dem Ziel, der Expedition, die mit einem Roboter am Steuer ins kalte All geschickt worden war, zu folgen, wurde die gesamte Arbeitskraft der Venus auf die Bereitstellung von Raumschiffen für die lange Fahrt ausgerichtet — auf die Erneuerung der alten Schiffe, die in beschränkter Zahl noch existierten, und auf den Bau von völlig neuen Schiffen nach alten Plänen. Daneben mußte man das Bewußtsein der Menschen auf der Venus darauf vorbereiten, wie eine solche Reise zu überstehen war. In allen größeren Städten wurde die Notwendigkeit des Zustandes der Leblosigkeit erläutert, die Versenkung in Plastik, die den Körper gegen die Unbilden der Raumfahrt schützen sollte, vor der Beschleunigung, vor Kälte, vor den Bremsgefahren und der Zeiteinwirkung. Denn diese Reisen dauerten Jahre und nicht Monate.

Auf der Venus wurden Vorräte angelegt für den dauernden Nachschub ins All. Dazu kamen neue Kolonisten, die jenen zweihundert als Verstärkung dienen sollten, die bereits zu einem sonnenlosen Planeten unterwegs waren.

Ich war Zeuge, wie diese Pläne und andere, weniger verständliche Überlegungen zwischen Eltonas stark utilitaristischem Geist und Circonas Bewußtsein ausgetauscht wurden. Circona Onoat hieß das in der Plastikmasse gefundene Kind des Altengeschlechtes.

Doch dienten hauptsächlich ich und Onua als Bindeglied zwischen Eltona und ihren Armeen und Flotten. Wir waren es, die die Venus auf der Suche nach eventueller Opposition durchstreiften, eine Stadt nach der anderen aufsuchten, die bis jetzt vom Krieg verschont geblieben waren, und allen ein Ultimatum unterbreiteten, entweder die neue Lebensordnung zu bejahen oder sich den Fortschritt mit Gewalt aufzwingen zu lassen.

So kam es, daß wir über den riesigen nebelverhangenen Wäldern der Venus dahinbrausten, über einem aufgeschreckten, friedlichen kleinen Stadtstaat nach dem anderen niedergingen und folgendes Ultimatum überreichten: »Entweder ihr nehmt die neue Ordnung an, oder ihr müßt sterben.«

Tatsächlich genügte meist eine gründliche und offene Erklärung, die Vorführung von Filmen über unsere Tätigkeit, um die Gegner zu überzeugen, daß unsere Forderungen gerechtfertigt waren.

Wir erzielten gute Ergebnisse. Nicht, daß es keine Reibereien mit den kriegerischen Stämmen des dschungelbewachsenen Planeten gegeben hätte.

Da gab es zum Beispiel dressierte Insekten, die von kleinen, zwischen Bäumen verborgenen Gemeinwesen innerhalb des Hitzegürtels auf unsere Abgesandten losgelassen wurden. Aus dem Geäst der mächtigen Bäume flogen große Käfer unseren landenden Schiffen entgegen, auf deren Rücken die kleinen gefleckten Menschen rittlings hockten — Menschen, von denen einige noch nie von Eltona gehört hatten. Drei unserer Schiffe wurden von ihren Energiebolzen, die auf unsere Luftzufuhreinrichtungen gerichtet waren, zu Boden gebracht.

Und dann das eine Mal, als wir auf einer Ebene in der Nähe Cairlons, der Stadt der schwebenden Scheiben, niedergingen . . .

Alles schien friedlich, als unser halbes Dutzend Kampfmaschinen landete, nachdem wir unser Vorhaben mittels Sicht-Projektionsstrahlen kundgetan hatten.

Doch kaum standen wir in Erwartung der Empfangsdelegation vor unseren Schiffen, als riesige weiße Metallrahmen, welche durchsichtige, über den Mauern an Kabeln dahintreibende Scheiben umschlossen, mit starken, schädlichen Strahlen auf uns zu feuern begannen.

Ein Glück, daß unsere wachsame Mannschaft sofort Schutzstrahlen einsetzte, ehe wir ernstliche Schäden davontrugen. Wir taumelten, total benommen, zu den Einstiegsluken unserer Schiffe zurück, obwohl die schädlichen Strahlen der Gegner bereits erheblich abgeschwächt waren. Eine einzige Sekunde länger unter der Einwirkung dieser Strahlen — und wir wären des Todes gewesen. Die im Schiffsinneren Verbliebenen befanden sich in keiner besseren Verfassung. Wir starteten, erhoben uns in die Lüfte — und kamen am nächsten Tag in voller Kampfstärke wieder. Eingeschüchtert von unserer aus zweihundert mächtigen Raumschiffen bestehenden Kriegsflotte, verhielten sich diesmal die Scheiben über der Stadt ruhig. Eltona jedoch forderte die Absetzung sämtlicher Regierungsmitglieder und setzte ihren eigenen Regenten ein.

Nach einem Jahr wurde die ganze Venus von den Robotern aus den Höhlen beherrscht.

Die Eltona unterstellten Roboter regierten die Venus so wie eine tüchtige Sekretärin einen guten Chef behutsam lenkt — sie wußten immer, was zu tun war und wann — und gegen ihre unparteiische Einstellung und perfekte Logik gab es nur geringen Widerstand.

Eltona ging inzwischen daran, die riesigen Rohstoffquellen des Planeten zur Erzeugung verschiedener Typen von Raumschiffen heranzuziehen, die Ausrüstung zu testen und die Methoden des Altengeschlechtes bei der Bohrung von Höhlen und deren Ausstattung für den menschlichen Gebrauch wiederaufleben zu lassen. Zwei Jahre vergingen. Eine Expedition wurde ausgeschickt, um sich mit der zuerst ausgesandten zu vereinen. Ich hatte das erste Schiff in der Dunkelheit verschwinden gesehen und fragte mich, wie das zweite wohl die Erstauswanderer in den grenzenlosen Dimensionen der Zeit und des Raumes ausfindig machen konnte.

Die Roboter wußten es, konnten es aber nicht erklären. Sie wählten den gleichen Kurs, der aber unter Berücksichtigung von Planetenbewegungen, räumlich begrenzter Strömungen und wechselnder Schwerkraftfelder der dahinrasenden Planeten im ersten Teil der Reise ein wenig korrigiert worden war, und richteten sich auch mit der Programmierung des Düsenantriebes nach dem ersten Schiff. Sobald das Schiff irgendwo in die Nähe der ersten Expedition geriet, würde es über Funkkontakt mit ihr in Verbindung treten.

Die gewaltigen Aspekte, die grandiose Anlage von Eltonas Plan der All-Eroberung, der Riesenmut, der nötig war, um einen ganzen Planeten zu beherrschen und ihn stückweise in den Raum zu schikken, ihn zu entvölkern, mit dem Ziel, den Bewohnern bessere Lebensbedingungen zu verschaffen, das alles hätte eigentlich Widerstand hervorrufen sollen. Man hätte denken können, daß die Wilden, die Reaktionäre, die einen Wechsel immer fürchteten, bis um den Preis ihres Lebens gegen die revolutionären Änderungen ihres gesamten Lebens gekämpft hätten. Doch das Versprechen einer Zukunft ohne Alter, das Wissen um den Sieg über das Alter wurde auch von den unwissenden und wilden Menschengruppen auf der Venus so gut verstanden, daß sie bereitwillig jedem Plan folgten, der den Stempel der Weisheit der Alten trug.

Wir sahen zu, wie das zweite Auswandererschiff beladen wurde. Fünfhundert der besten und geeignetsten Paare, männlich und weiblich, sahen wir in Eltonas *Te-Fluß* eintreten, zu scheinbarer Leblosigkeit erstarren, in die Arme der Amazonen fallen, die die Leiber für die lange Fahrt präparierten, eine Fahrt, die nur ein starrer Roboterkörper ohne spezielle Behandlung überstehen konnte.

Auf diese Weise hatte das Altengeschlecht den Raum überwunden — und überwand ihn auch jetzt noch — irgendwo da draußen in der Dunkelheit, jenseits unserer Reichweite und unseres Gesichtskreises.

Die jungen Leiber wurden nach Art ägyptischer Mumien dick umwickelt. Durch das stark wirkende *Te,* das die einzelnen Atome mit winzigen magnetischen Ladungen aneinanderband, wurden sie totenstarr. Ich hörte, wie Eltona den manchmal sehr ängstlichen Kolonisten die Prozedur erklärte, die den scheinbaren Tod nicht über sich ergehen lassen wollten.

»Wir steigern ja nur den natürlichen Magnetismus, der alle Teile des Körpers zusammenhält. Was ihr Molekularadhäsion oder ähnlich nennt, nennen wir *Te* und benutzen es auf diese Weise, denn es kann dem Leben nicht schaden. Das Leben selbst macht sich *Te* zunutze und ist in Wahrheit eine Form von *Te*. Wenn die entgegengesetzten Magnetladungen in der Natur größer werden als der *Te*-Gehalt, dann gibt es kein Leben mehr. Dieser Gehalt an *Te*-Bindemitteln kann gesteigert oder herabgesetzt werden. Die verschiedenen Lebensprozesse tun dies dauernd, in den elektrochemischen Vorgängen der Verdauung und Angleichung, bei Wachstum und Ausscheidung.

Um einen Körper für die Raumfahrt vorzubereiten, muß er so fest einfrieren, daß sich innerhalb des Körpersystems keinerlei chemische Veränderungen abspielen können. Er muß so steif werden, daß nicht einmal Stahl seine Oberfläche durchdringen könnte —

und das alles, um den schrecklichen Anspannungen der hohen Geschwindigkeit der Raumfahrt standhalten zu können. Außerdem können Gravitationsstürme entstehen, die jedes normale Leben vernichten. Bei diesen Geschwindigkeiten könnte das leichteste Schwanken einem Menschen das Genick brechen. Nicht aber, wenn er stark mit *Te*-Energie aufgeladen ist und der Körper in die schnell sich erhärtende Plastikmasse eingeschlossen wurde.«

»Wie steht es aber mit der Wiederbelebung eines derart behandelten Körpers?«

»Man entfernt sorgfältig die Plastikmasse, nimmt die Bandagen ab und mit einem leichten Energiestrahl wird die übertrieben hohe magnetische Ladung verringert. Es gibt Instrumente, die genau anzeigen, wann das normale Gleichgewicht dieser Kräfte innerhalb der lebenden Masse erreicht ist. Dann setzen die abgestellten Lebensprozesse sofort wieder ein, denn die Zwangspause war harmloser Natur.

*Te*-Magnetismus ist nicht gefährlicher als Wasser — er ist tatsächlich eine höchst notwendige Komponente alles Lebendigen, das ohne diese Komponente zu auseinandertreibenden Gasen würde.«

Ich nickte mit einem verwunderten Blick auf die eingefrorenen Körper. Einen berührte ich. In meiner Hand prickelte der leichte Schock nach.

»Eltona«, fragte ich neugierig, »wie war das in alten Zeiten? Enthielten die Dinge eine größere Anzahl von *Te*-Ionen in ihrer Anlage? Ist das der Grund, warum alles so viel länger dauerte, das Leben mit eingeschlossen? Ist das der Grund, warum das Altengeschlecht so groß war — fast unsterblich?«

»Das beantwortet die Frage nur zum Teil. Die Alten hatten auch verhältnismäßig langsamere Bewegungen, nehme ich an. Weil sie gegen eine magnetische Reibung größerer Intensität ankämpfen mußten, als es sie heute gibt.«

Ich beobachtete die übertrieben schnellen Bewegungen der Roboter. Jetzt wußte ich, was dahintersteckte. Bei ihnen wurden Gedanken und Bewegungen nicht von *Te* behindert. Das Fehlen dieser *Te*-Komponente hatte mit unserer eigenen kurzen Lebensdauer viel zu tun. Dann mußte ich an Circona denken. Ich dachte an sie immer als eine Riesin, obwohl sie von normaler Erwachsenengröße war — und doch gab sie ihr Alter mit sechs Jahren an. Auch wußte ich, daß ihre Eltern fünfeinhalb Meter groß gewesen waren. Der

Begriff »Jahr« hatte allerdings bei ihr wenig mit unserem Jahr zu tun, denn das Verhältnis von Sonne und Erde hatte sich seit der Zeit der Alten sehr geändert.

Während all dieser hektischen Betriebsamkeit mußten Onua und ich und all die anderen, die gewohnt waren, im Leben des Tuon-Volkes eine führende und verantwortungsvolle Rolle zu spielen, uns damit abfinden, daß wir nur danebenstehen durften, während die Roboter und Eltona die Leitung hatten, Instruktionen erteilten und unsere halbherzigen Versuche, an den Aktivitäten teilzuhaben — die in Wahrheit jenseits unseres Verständnisses lagen — wirksam vereitelten.

Schließlich spürte Eltona unsere wachsende Ungeduld und unser Gefühl, auf einem Nebengleis zu stehen. Sie machte sich die Mühe, Pflichten für uns zu erfinden, die nicht unter unserem Niveau lagen.

Eine dieser Pflichten bestand darin, vor dem großen Eingang in das Zeit-Verlies, in dem Nonur und ihre Rotmäntel verschwunden waren, eine starke Wachmannschaft zu unterhalten.

Onua und ich verbrachten viel Zeit vor diesem riesigen Portal, das dem gigantischen Altengeschlecht der Vorzeit als Zufluchtsort vor seinem anspruchsvollen und ermüdenden Leben gedient hatte, einem Leben, das von intensiverer Aktivität beherrscht wurde als unser eigenes. Wir hatten gut hundert mächtige Strahlenprojektoren auf das Tor eingestellt und warteten ungeduldig auf das Öffnen der Torflügel. Die Rotmäntel wären uns beim Passieren des Kraftfeldes hilflos ausgeliefert gewesen. Von innen konnte kein Strahl das alte Material durchdringen und testen, ob wir noch da waren und auf der Lauer lagen. Wir wußten, sie mußten herauskommen, wenn sie wissen wollten, ob das Tor noch bewacht wurde. Das alles war nur eine Frage der Reserven und der Zeit — sie mußten schließlich einmal herauskommen. Nicht umsonst hatte ich nach mannigfaltigen nächtlichen Berechnungen über mögliche Nahrungsquellen im Inneren festgestellt, daß ihre letzten Vorräte nun erschöpft sein mußten und sie herauskommen würden, wenn sie sich nicht gegenseitig auffressen wollten. Um sicherzugehen, daß sie einander nicht auffraßen und daß sie nicht das Tor öffneten und unsere Anwesenheit merkten, ehe sie in unserer Gewalt waren, hatten wir im Umkreis von einer Meile alle Spuren unserer Anwesenheit getilgt und uns auf die Lauer gelegt.

Es gab nur einen einzigen Faktor, der sich zu einer Schwierigkeit auswachsen konnte. Wir wußten nicht, was Nonurs Gefolgschaft im Zeit-Verlies eingelagert hatte, als dieses Höhlensystem in ihren Händen gewesen war. Möglicherweise hatten sie dort Mengen von schrecklichen Waffen, und der Ausbruch würde einen fürchterlichen Kampf mit sich bringen — obwohl ich bezweifelte, daß es ihnen gelingen würde, Eltona auf lange Sicht zu entkommen, sofern es ihnen glücken sollte, unsere Wachmannschaft zu erledigen.

Und dann kam endlich der so lange erwartete Tag! Die riesigen Doppelflügel der großen tresorähnlichen Tür schwangen auf, die uralten Scharniere, die hunderte von Tonnen Gewicht trugen, ächzten mit einem Geräusch, das durch unsere Späherstrahlen, die auf das Tor gerichtet waren, zu betäubender Intensität gesteigert wurde!

Nonur, die grausame, hexenähnliche Anführerin der Vampirhorde, wollte aus ihrem Schlupfloch kriechen.

## 3

Aus der riesigen Öffnung schob sich langsam der abgerundete längliche Bug eines auf Rädern rollenden Strahlenpanzers hervor. Die Strahlenkanonen — lange Zylinder mit stumpfen Enden, auf Kugelgelenken montiert — richteten sich nach allen Seiten, während sich der Lenker des Kampfpanzers noch immer in der schützenden Kraftzone der riesigen Metallkammer befand und versuchte, die Strahlen einzusetzen. Doch dieses Bemühen war zum Scheitern verurteilt und diente nur dazu, seine Unkenntnis über der Natur der uralten Barriere zu enthüllen, denn die Kabel, welche den elektrischen Strom auf die Strahlenkanonen übertrugen, leiteten die Energie nicht durch die Barriere hindurch. Als das Innere des riesigen Kampfpanzers auf unseren Sichtschirmen auftauchte, entrang sich mir ein Stöhnen.

Neben dem Sitz des Fahrers sah ich die gefesselte Gestalt meiner Ceulna — und mein Finger am Abzug erstarrte. Ich konnte nicht feuern, aus Angst, den Körper meiner geliebten Gefährtin zu treffen.

Doch hatte ich in der Vergangenheit nicht unter den Rotmänteln gelebt, ohne auch die komplizierte Anwendung der Durchdringungsstrahlen zu erlernen, die dazu benutzt werden können, den

Verstand eines Menschen zu täuschen. Ich steigerte die Intensität meines Beobachtungsstrahls bis zur Höchstgrenze und konzentrierte ihn auf den Kopf des Fahrers. Dann betätigte ich einen kleinen Hebel, der den Detektorstrahl vom Sichtschirm auf meinen eigenen Verstand richtete. Ohne daß sich der Fahrer des Wechsels überhaupt bewußt war, würde er jetzt nur mehr jene Gedanken denken, die ich selbst dachte. Ich hatte ihn »angepeilt«, wie man diesen Vorgang in den Höhlen nennt.

Das erforderte natürlich strenge geistige Disziplin. Ich mußte jetzt Gedanken denken, die er als seinem eigenen Verstand entspringend anerkennen würde. Daher imitierte ich seine Art zu denken, betrachtete mit seinen Augen die Umgebung und fuhr dann den großen Panzer durch die hohen Torflügel hinaus, um den übrigen Rotmänteln samt Nonur den Weg freizumachen. Sobald sie alle draußen waren, könnten wir das Tor mit einem Sperrfeuer von Dis-Strahlen belegen und alle in die Zange nehmen. Der Plan war narrensicher — es sollte aber ganz anders kommen.

Ein Panzer nach dem anderen kam heraus, und ich wußte, daß jeder Fahrer von einem Gedankenstrahl der Tuon-Kriegerinnen erfaßt wurde, die wir um das alte Zeit-Verlies mit Tel-Geräten und Waffen postiert hatten.

Neben jedem Panzerfahrer war eine Tuon-Amazone angebunden. Es waren diejenigen, die sie gefangen und in die undurchdringliche Metallkammer entführt hatten. Wir konnten keinen unserer Zerstörungsstrahlen einsetzen, ohne die Geiseln zu töten. Doch die Gedankenstrahlen erfaßten das Bewußtsein der Fahrer und trieben die Panzer in den langen Höhlengang hinaus, der vom Zeit-Verlies an die Oberfläche führte.

So also sahen unsere Möglichkeiten aus! Wir konnten die Rotmäntel steuern, nicht aber vernichten. Möglich, daß Nonur den Einsatz des Gedankenstrahls auf ihre Panzerfahrer vorausgesehen und ein Verteidigungsmittel eingesetzt hatte. Und so war es denn auch: Sie wandte eine völlig neue Spielart eines Breitwinkel-Degravitationsstrahls gegen uns an, der früher nur beim Bau und in der Fabrikation verwendet worden war. Sie kam mit einem Degravitator durch die riesigen Torflügel der Kammer herausgefahren. Das Gerät füllte den Gang fast zur Gänze aus und ließ an den Seiten nur wenig Zoll Spielraum für den gewaltigen Umfang des Generators. Als sie die Energiebarriere passierte, wurde das große Energie-

len eingeführt werden sollten. Schulen, in denen junge Auserwählte zu perfekten und willigen Weltall-Emigranten ausgebildet werden würden. Ihr und unser gemeinsamer Traum war es, die Völker der Venus und eventuell auch der Erde für die Auswanderung in den sonnenleeren Raum vorzubereiten, wo es kein Altern gibt. Dort waren ja inzwischen die ersten, von Robotern gelenkten Schiffe gelandet, gruben sich tief in den Fels und schufen so eine Heimstatt für die später Kommenden.

Ceulna und ich vergaßen jedoch in der Freiheit und Sorglosigkeit des Urlaubs für kurze Zeit unsere Pflicht und schmiedeten ganz andere Pläne. Es gab auf der Venus viele Gegenden, die wir noch nicht kannten und die uns lockten.

Unter den Dingen, die Eltona uns gebeten hatte aus ihrer alten Heimat mitzubringen, war eine Bild-ro-mech-Anlage von Berichten. Darin waren die bei Eltonas Erschaffung verwendeten Einrichtungen und Formeln gespeichert. Es handelte sich um eine Art von Datenbank. Aus dieser Bitte ersah ich, daß Eltona die Schöpfung anderer Roboter plante. Ich nahm an, sie wollte diese als Piloten und Techniker auf den langen Raumflügen einsetzen, die sie plante. Denn seit der Wiederbelebung Circonas hielt Eltona es für ihre Pflicht — und sie verfügte über die strenge, unbeirrbare Pflichtauffassung eines Roboters — die Menschenrasse vor der Entartung bewahren zu müssen, der jede Lebensform unter der Sonneneinwirkung unterworfen war.

Auf Eltonas Wunschzettel standen die kryptischen Worte: »Dero-Kugelkuppel-Urtyp«. Die Bedeutung dieser Bezeichnung war mir schleierhaft, doch war es jetzt für Fragen zu spät. Ich hatte keine Ahnung, was die geheimnisvollen Worte bedeuteten. Auch scharfes Nachdenken hilft einem, wenn es um Errungenschaften der uralten Höhlenmenschen geht, wenig weiter. So vieles war in späteren Zeiten von unwissenden Händen falsch angepackt und falsch angewendet worden. Und viele der Strahlen können in falschen Händen heimtückisch und schädigend wirken. Deshalb hatte ich es schon lange satt gehabt, mich mit unbekannten Apparaten abgeben zu müssen. Immer bestand die Möglichkeit einer heimtückischen Reaktion und des Eintrittes unheilvoller Wirkungen.

Als sich das kleine Schiff in den Wolkenhimmel erhob und Ekippe unter uns versank, faßten wir den Entschluß, zuerst Eltonas

Aufzeichnungen zu holen und ein oder zwei Tage in den interessanten Ruinen der uralten Burg Elton zu verbringen. Dann wollten wir — aller Verpflichtungen ledig — unsere Reise fortsetzen.

Wir verbrachten einen glücklichen Tag inmitten der kindhaft kleinen gefleckten Baummenschen, die im Dschungel um Elton hausten, verstauten Eltonas Sachen in unserem Gepäckraum und legten uns zur Ruhe.

Am nächsten Morgen änderten wir unsere Pläne. Wir wollten nicht mehr länger hier bleiben zwischen unheimlichen Gängen und herabfallenden Steinen einstiger Pracht, die jetzt nur mehr Verfall war. So bestiegen wir das kleine Schiff und brachen zur nächsten Teilstrecke unserer Fahrt auf.

Hoch über dem Hitzegürtel sahen wir gewaltige Gewitterwolken, die über einer Dunstschicht aufragten, und wir stiegen noch höher, um der Bedrohung dieser am Äquator der Venus brodelnden Unwetter zu entgehen. Und wir fanden das erste Mal seit über einem Jahr Spaß daran, als der schreckliche Orkan uns seinen Trichterwirbel vor die Nase schob, uns hinunterdrückte und in göttlichem Zorn aufheulte, weil wir so unbesonnen gewesen waren, sein Reich zu betreten.

Das kleine Schiff beschrieb einen kleinen Bogen, so daß ich mit meinen großen Händen grimmig das Steuer ergriff. Ich kämpfte gegen die ungeheure Sogwirkung des herannahenden Todeswirbels, der in seinem Vernichtungsflug große Bäume, Wassermassen und Gesteinsbrocken aus dem tief unter den Wolken liegenden Boden herausgerissen hatte und mit sich führte. Ich verlor das Bewußtsein, vom mächtigen Griff der Geschwindigkeit erfaßt, als ich in einem verzweifelten Versuch, jener tobenden Säule auszuweichen, das Schiff in eine zu steile Kurve zog.

## 4

Brahm, Häuptling der Guaymi, sah sich mit gesenktem Blick und reglosem Gesicht im Kreis seines Rates um. Die Mienen der Anwesenden waren grimmig. Es war ein Augenblick, der ihn samt seinem Lieblingsplan erledigen konnte.

Dieser Plan hätte die Befreiung vom Nebelhirn bedeutet. Niemals wieder sollte sich die Iris des Auges der Nebelsphäre öffnen, um neue Sklaven zu verlangen. Niemals wieder sollten sie sich an den schönen Tagen mühsam plagen müssen, um Nahrungsmittel anzuhäufen, die dann das Nebelhirn für sich beanspruchte. Wenn sich diesmal die Iris des Auges öffnete . . .

Doch inzwischen mußten seine Leute beruhigt werden und durften sich nicht von Angst übermannen lassen. Denn wenn ihm kein Erfolg beschieden war, würde ihre Ablieferungsquote verdreifacht und die für das Leben in der riesigen Nebelsphäre ausgewählte Sklavenanzahl um das Dreifache erhöht werden. So nämlich hatte immer die Vergeltung ausgesehen, die das Nebelhirn geübt hatte.

In der Vergangenheit hatten seine Ahnen schon öfter einen Versuch gewagt. Der im Nebel wohnende Verstand hatte aber die Revolte vorausgesehen und sie im Keim erstickt. Doch diesmal würde es anders sein!

Falls diese grimmigen Greise auch nur ahnten, was er vorhatte, würden sie ihn unverzüglich töten. Denn sie wußten, daß das Nebelhirn unsterblich und allwissend war, ein richtiger Gott. Doch Brahm hielt das für einen Irrglauben. Er glaubte, daß hinter dem Nebelhirn ein böser Trick steckte.

Brahm war — wie schon andere vor ihm — der Meinung, daß das Nebelhirn nur eine Erfindung gewöhnlicher Sterblicher, von Menschen wie er selbst, war. Sie lebten im Verborgenen von der Arbeit der Guaymi, und das Nebelhirn war eine Illusion, mittels derer sie sich ihre Sklaven verschafften.

Was der Nebel tatsächlich war, der die runde Fläche im Wald verhüllte, das wußte Brahm nicht. Noch kümmerte es ihn. Er wollte Befreiung von der dauernden Fronarbeit, von der Armut, die der Verlust der Früchte ihrer Arbeit für sie bedeutete. Denn Brahm liebte sein Volk und wünschte sich Besseres für seine Leute, als nur ewige fruchtlose Plackerei.

Brahms Stimme war seidenweich und völlig beherrscht, als er einen Plan darlegte — nicht den, den er im Herzen trug, sondern einen Plan, von dem sie glauben sollten, er trüge ihn im Herzen.

»Freunde, Mitglieder des Altenrates! Ich will unsere Krieger in den Süden führen, da die Zeit gekommen ist, daß das Auge des Nebels sich öffnet. Dort wollen wir Jagd auf das Genaulgi, das Wild und die großen Fische machen. Wir werden Fleisch räuchern und in kurzer Zeit einen reichen Vorrat anlegen. Die Weiber und Halbwüchsigen können die anderen Vorräte zusammentragen, die wir abliefern müssen. Und wenn das Nebelhirn fragt, wo die Krieger sind, können wir sagen, daß wir in unseren Jagdgebieten Eindringlinge aufspüren müßten. Wenn das Auge sich wieder geschlossen hat, kehren wir zurück. Unser Stamm wird an die Auswählenden innerhalb des Auges keine Jäger verloren haben, und wir haben ausreichend Vorräte für die langen Regentage, die vor uns liegen. Es ist ein guter Plan, einer, den wir schon längst hätten in die Tat umsetzen sollen.«

Brahms Augen konnten beobachten, wie seine ruhigen Worte ihre Wirkung auf die Greise nicht verfehlten. Die Spannung lockerte sich sichtlich, sie brummten zustimmend. Nach einer Weile meinte der Ranghöchste:

»Es ist gut. Der Rat ist einverstanden.«

Ein Kopf nach dem anderen nickte, jeder nahm sich ausreichend Zeit dazu. Die Ratsversammlung war beendet, soweit es die Sache Brahms betraf. Jetzt konnte ihm bis zur nächsten Versammlung niemand mehr dazwischenreden. Stimmen murmelten — mit dem Los wurde bestimmt, wer von dem Jungvolk das Auge betreten sollte, um den Tribut abzuliefern und vielleicht für immer dort zu bleiben, falls es die Stimme forderte. Die Zeit schleppte sich dahin, doch endlich erhoben sich die Alten und gingen hintereinander aus der dunklen Hütte hinaus in die feuchte, nebelweiße Nacht.

Brahm aber führte seine Leute nicht gegen Süden. Am Morgen wurden Bogen gespannt, Köcher gefüllt, die schützenden Fußwikkel gegen die Dornen angelegt, und die Krieger marschierten in einer Reihe hinter Brahm — zunächst in südlicher Richtung. Doch eine Stunde später beschrieben sie einen Kreis und hielten nun auf den großen Nebel zu, auf verbotenes Land! Keiner sagte ein Wort gegen Brahm — denn hatte nicht der Rat seine Zustimmung erteilt?

Die Guaymi waren das Ergebnis einer Kreuzung vielleicht der roten Rasse mit den weißen Amazonen. In Erscheinung und Hautfarbe fast indianisch anmutend. lebten sie auf primitive Weise im Dschungelgebiet am Rande des Hitzegürtels, der von allen anderen Venusiern gemieden wurde.

Einige Stunden nach dem Aufbruch Brahms und seiner Jäger, errechneten die Stammesältesten die Quote für den vierteljährlichen Tribut an die Nebelsphäre. Jünglinge und Jungfrauen, fünfzig an der Zahl, wurden unter den Besten des Stammes ausgewählt. Sie nahmen Aufstellung und machten sich sodann auf den traurigen Weg zur Öffnung des Nebels.

Dieser Tribut wurde schon seit vielen Jahren geleistet, und die einst zahlreichen und auf ihre Stärke stolzen Guaymi stellten nur mehr einen Bruchteil ihrer einstigen Zahl dar. Das Ende des Volkes war abzusehen, doch Angst und Ehrfurcht vor dem mächtigen und uralten Wesen in der Nebelsphäre waren so groß, daß die selbstmörderischen Tributleistungen immer weiter fortgesetzt wurden.

Was die Nebelsphäre war, was sich im Inneren des Geheimnisses der großen über dem Sumpf liegenden Dunstblase befand, die seit langer Zeit als Nebelhirn bekannt war, wußten sie nicht mit Sicherheit zu sagen. Doch die Sagen ihrer Väter hatten von Tod und Schrecken gekündet, die aus der großen lebenden Blase gekommen waren, und hatten ihren Mut so bezwungen, daß sie den Forderungen keinen Widerstand entgegensetzten.

Die traurige Prozession wand sich den niedrigen, feuchten und nebelverhangenen Sumpfpfad entlang bis zur Nebelsphäre. Vor und hinter den Geiseln heulten die alten Medizinmänner und ihre Schüler Gesänge, schüttelten Rasseln und richteten ohne Unterlaß Gebete an jenes Wesen in der Nebelkugel; denn sie fürchteten es mehr als jeden Gott. Oder sie fürchteten *sie,* denn es war ihnen unbekannt, ob das Wesen im Nebel männlich oder weiblich, sterblich oder unsterblich war.

Heute aber, anders als sonst bei der Tributleistung, erhoben sich verstohlen Schatten aus den schweigenden Büschen neben dem Pfad und folgten der Prozession — ungesehen von den schluchzenden Jungfrauen und den kürbisschwenkenden Medizinmännern — als sie sich dem Ort des Auges im Nebel näherten. Unentdeckt begleiteten Brahms Krieger den Marsch der Ausgewählten, und immer näher rückte der Ort des Auges und die Zeit der Öffnung. Denn es gab nur eine Stelle, an der man den Nebel betreten konnte, und nur einen Zeitpunkt, an dem der Ort des Auges zugänglich war. Sonst bildete die Nebelkugel überall eine undurchdringliche Wand. Diesem Nebel wohnte eine Kraft inne, die bei Berührung mit der Hand ein wenig nachgab, dann aber die Hand zurückstieß.

Die Geiseln nahmen Aufstellung vor großen flackernden Kreisen farbigen Lichtes, welche die Pupille des Auges markierten, und starrten verängstigt in die verschwommene blaue Iris, denn jetzt war die Zeit nahe, da *Es* sich öffnen sollte.

Zu dieser großen blauen Iris führte eine breite Treppe empor, und groß war die Zahl der Guaymi, die diese Treppe schon erstiegen hatten, um sich der Auslese zu stellen. Und nur wenige waren als Abgewiesene wiedergekehrt. Zur Rechten und Linken des geheimnisvollen Augenkreises erstreckte sich, soweit man sehen konnte, die Nebelkugel in einer leichten Krümmung und verlor sich dann in der Ferne. Das Nebelgebiet war riesig groß, und niemand hatte bis jetzt besondere Neugier bekundet, herauszufinden, welche Fläche es bedeckte, wo es endete und die natürlichen Nebel der venusischen Sümpfe begannen.

Hinter der Gruppe der Geiseln raschelte es im Gebüsch, als Brahms Krieger Pfeile einlegten und ihre bronzenen Kurzschwerter lockerten. Brahm hatte ihnen den Befehl gegeben, einen Angriff ins Auge zu starten, bevor die Geiseln es betraten, und auf alles Lebende zu zielen und es zu töten — es sei denn, es handle sich um einen gefangenen Guaymi. Sie befürworteten Brahms Plan, denn viele von ihnen hatten schon in der Vergangenheit ein ähnliches Vorgehen gewünscht, waren aber von den Ängsten der Weiber, der Alten und der Medizinmänner daran gehindert worden.

Aber Angst steckte in ihnen allen, und ihre Hände hielten nicht völlig ruhig die Waffen, während sie die Sehnen spannten und auf den Zeitpunkt warteten.

In den mystischen Tiefen der schrecklichen Kugel schlug ein Gong an, weit entfernt . . . Und dann aus der Nähe . . . Der eherne Klang schmerzte in den Ohren. Als er verklang, begannen die Kreise um die blaue Iris heftig zu flackern, die Farben verwandelten sich von Violett zu Rot, weiter zu einem grellen Karminrot und umgekehrt. Und dann begann sich die große Iris allmählich wie ein Kameraverschluß zu öffnen. Dies alles spielte sich in einer Stille ab, die wie ein Brausen wirkte. Immer größer wurde die Iris, und das Nebelhirn sprach zu ihnen allen — ohne den Klang von Worten zu haben. Die Bedeutung der Worte jedoch senkte sich schwer auf die Gemüter.

»Tretet ein, meine Kinder. Das Fest ist bereitet, und Ruhm erwartet die Auserwählten . . .«

Die weinenden Mädchen, die schweigsamen ernsten Jünglinge setzten sich langsam und zögernd in Bewegung. Hinter ihnen im Gebüsch gab es lautes Geraschel, und heraus sprangen die Guaymi, einer nach dem anderen. Mit gespannten Bogen liefen sie los, stürmten die breite Treppe hinauf und hielten hastig nach irgend etwas Lebendem Ausschau, auf das sie hätten schießen können.

Die weiteren Ergebnisse warfen Brahms Pläne über den Haufen.

Von oben kam ein heulender Windstoß, die mächtigen, nebelverhüllten Baumwipfel barsten, und herunter sauste ein längliches rotierendes Objekt, prallte auf den großen Ästen auf, stürzte tiefer und wurde im Fall von den elastischen Zweigen gebremst und weitergeschleudert. Immer tiefer fiel der lange schimmernde Gegenstand. Und Jungfrauen und Krieger, Jünglinge und Zauberer — sie alle schrien vor Entsetzen auf und liefen davon, um dem vom mystischen Himmel fallenden Gegenstand auszuweichen.

Das Schiff traf die große Mauer der Nebelglocke genau über dem Auge, prallte von der nachgebenden, aber undurchdringlichen Oberfläche ab . . . und fiel auf den weichen Sumpfboden, genau vor das Auge.

Aus dem Inneren des Auges drang ein Rascheln. Getrappel vieler Füße, das Geräusch vieler Stimmen. Ein Strahl stahl sich hervor und begann das abgestürzte Schiff mit sorgfältiger Beharrlichkeit abzutasten. Hierhin und dorthin sprang der Strahl, und wo er auftraf, wurden die Metallwände des langen schwarzen Schiffes zu Glas, so daß die sich ängstlich verbergenden Guaymi von der einen Seite hindurchsehen konnten und von der anderen Seite die Augen hinter der Wand der Nebelkugel.

In unseren Sitzen angeschnallt, hatten Ceulna und ich den Sturz nur überlebt, weil die mächtigen Bäume den Fall bremsten. Als das Schiff endlich auf dem Boden lag, machte ich meinen Gurt los und beugte mich über Ceulna. Sie war bewußtlos. Rasch drehte ich mich zum Instrumentenbrett und schaltete einen Suchstrahl ein, der unsere Absturzstelle näher erkunden sollte. Als erstes sah ich das große geheimnisvolle Auge des Nebels. In der Öffnung standen einige Guaymi-Krieger, die, durch den Absturz völlig verwirrt, nicht wußten, ob sie nähertreten und töten oder fliehen sollten . . .

Gedankenschnell blitzte aus der Nebelmauer ein großer Strahl hervor, erfaßte meinen Generator und tötete die Energiequelle meines Suchstrahls ab. Dann begann der Strahl in aller Stille das Schiff abzusuchen und ein zweiter, unsichtbarer Strahl begann unsere Gedanken abzutasten.

Als Ceulna sich rührte und aufstand, schaltete sich irgendeine

Bewußtseinskontrolle ein, und wir wurden gezwungen, Hand in Hand aus dem Schiff auszusteigen. Gleich Schlafwandlern gingen wir auf die große augenähnliche Öffnung in der Nebelmauer zu. Neben und um uns gingen auch die Guaymi, Krieger und Geiseln gleichermaßen, auf das Auge zu, unfähig, dem synthetischen Willen im Energiefeld einen Widerstand entgegenzusetzen. Getrieben von diesem mächtigen Zwang, gingen wir weiter, durchschritten den seltsam wirbelnden Tunnel im Nebel, als sich uns ein Anblick bot, der uns allen einen Ausruf ehrfurchtsvollen Staunens entlockte:

Eine von Zauberhand erbaute Stadt — Türme, Kuppeln und Formen, die nur die Phantasie eines Glasbläsers Wirklichkeit werden lassen kann, erstreckten sich vor uns. Wie lange hatte diese Stadt verborgen vor der Neugier der Bewohner der Venus hinter der seltsamen schützenden Nebelmauer gelegen? Wer konnte uns das sagen?

Sogar ich, der ich verhältnismäßig neu auf der Venus war, hatte schon von der geheimnisvollen Nebelsphäre gehört. Sie befand sich jedoch in einem dünn besiedelten und abweisenden Dschungelsumpfland, nahe der gefürchteten undurchdringlichen Grünen Hölle entlang des Äquators. Nur wenige der zivilisierten Venusier waren bis hierher vorgedrungen und hatten sich in diesem Gebiet umgesehen. Die Stadt war nur eine Legende, und Legenden gab es viele auf der Venus. Legenden, die kein Mensch glauben will, bis er dann mit den unbestreitbaren Tatsachen konfrontiert wird.

In den lebhaft gefärbten Gebäuden, auf den breiten Straßen und feenhaft anmutenden Brücken bewegten sich Männer und Frauen, bloß mit einem weichen anliegenden Nebel bekleidet, der mit der Nebelmauer der Stadt in irgendeinem Zusammenhang zu stehen schien. Wie war dieser Zusammenhang zu erklären? Mein Verstand versuchte es sich krampfhaft vorzustellen, wurde jedoch von derselben Bewußtseinskontrolle daran gehindert, die noch immer meine Gliedmaßen bewegte, wie auch die Menschen um mich herum. Wir gingen wie in Hypnose weiter, die breite Hauptstraße hinauf. Dabei versanken unsere Füße in einem rosaroten Nebel, der die Wegfläche bedeckte — oder war dies gar die Oberfläche selbst?

Ganz plötzlich wich der Zwang von uns, und um mich herum brachen die nackten Guaymi in aufgeregtes Geschnatter aus, das ich nicht verstehen konnte. Ich wandte mich an Ceulna.

»Könntest du mir nicht mit einer kleinen Erleuchtung beispringen? Was im Namen der Venus ist mit uns bloß passiert?«

Ceulnas Gesicht zeigte ebenso große Überraschung und Erstaunen wie meines, sie machte aber den Versuch einer Erklärung:

»Erinnerst du dich an die seltsame Stadt und an den Palast, in dem du Eltona gefunden hast? Nun, hier muß irgendeine andere Form des Lebens aus der mächtigen Vergangenheit bewahrt worden sein. Wahrscheinlich geschützt durch eine geheimnisvolle Kraftmauer von zerstörender Zeiteinwirkung, die fast alle Spuren des Altengeschlechtes der Venus getilgt hat.«

»Hmm«, murmelte ich. Ihre Worte erklärten viel, ohne mir etwas zu sagen.

Wenn ein Verstand die Herrschaft über einen anderen gewinnt und ihm mittels eines kraftvollen Energiestrahles so starke Gedanken eingibt, daß dadurch seine Handlungen bestimmt werden, dann kann dieser gelenkte Verstand einen großen Teil fremden Gedankengutes aus den ihm auferlegten Gedankenimpulsen absorbieren. Das war so deutlich, daß sich in mir bereits ein bestimmter geistiger Eindruck von dem Verstand hinter jener Kraft festsetzte, die uns die lange, seltsam schöne Allee entlangleitete, auf das regenbogenartige Nebelbauwerk zu, welches das Zentrum der Stadt beherrschte.

Dieser Verstand war habgierig und sinnlich, doch ist natürlich jedermann bis zu einem gewissen Grad habgierig und sinnlich. Vielleicht handelte es sich bei jenem Verstand bloß um eine vorübergehende Stimmung. Jener Verstand war von Spekulationen über abstrakte bio-chemische Probleme in Anspruch genommen. Ich konnte Bruchstücke von Formeln aufnehmen, halbausgeformte Pläne von Experimenten. Gleichzeitig trachtete dieser Verstand nach Ceulna, und das in einer Weise, die ich nicht ausloten konnte. Außerdem sah er mich in einem Licht, das mir nicht gefallen wollte.

Als unsere Gruppe, bestehend aus Bogenschützen, nackten Jungfrauen und Jünglingen, dazu Ceulna und ich in der Uniform der neugegründeten planetarischen Venusregierung, auf der Brust das Zeichen des Altenkindes Circona (ein großer Merkurstab, Stab und Schlangen ineinander verschlungen) weiterschritt, konnte ich die hintergründigen Untertöne der ureigenen Gedanken des Gedankenbeherrschers analysieren.

War er männlich oder weiblich, war er überhaupt menschlich? Das vermochte ich nicht zu unterscheiden, doch ich merkte, daß es ein fremder Verstand war, ein Bewußtsein mit Gelüsten und Genüssen, Gewohnheiten und einer Kultur, die mir völlig fremd und neu waren. In dieser Hinsicht jedoch war auch Eltonas Bewußtsein für mich Geheimnis und Faszination. Obwohl nichtmenschlich, hatte sie doch menschliche Gelüste und Schwächen; sie war ein Roboter — und doch war sie lebendig und liebesfähig, leidenschaftlicher und erotischer als ein menschliches Wesen. Nur aus Rücksicht auf Ceulna hatte sie es nicht zugelassen — nein — hatte sie nicht erreicht, daß ich mich in ihr übermenschliches und auf phantastische Weise schönes Selbst hoffnungslos verliebte.

Handelte es sich hier um dasselbe Phänomen wie bei Eltona? Nämlich um die Fortdauer einer Lebensform des Altengeschlechtes bis auf den heutigen Tag? Oder war es nur eine Gruppe von Menschen, die die seltsame Nebelmauer und einen ganz gewöhnlichen Strahlenapparat dazu benutzten, im Verborgenen die primitiven Menschen an den Rändern des Hitzegürtels zu versklaven?

Ich spürte, daß sich diese halb-erfühlte Person neben der Bewußtseinskontrolle, die sie ausübte, von mir angezogen fühlte.

Das wäre wohl nicht der Fall gewesen, hätte hinter der Person nicht ein weibliches Wesen gesteckt, und mir war, als fühlte ich die lebensvolle Aura einer Frau, einer jungen Frau. Ich sah Ceulna an, doch ihr Gesicht zeigte den leeren, maskenartigen Ausdruck des Schlafwandlers wie vorhin.

Während wir an den niedrigen, gewölbten Eingängen der Wohnhäuser vorbeigingen, verringerte sich unsere Zahl beständig immer um einen, denn an jeder Tür trat einer der Wilden, die vorhin vor dem großen augenartigen Tor gestanden hatten, aus der Reihe und ging in eine der leeren, offenen Türen. Und mir war, als würden sie beim Eintreten von einer Ekstase erfaßt, als begänne für sie mit dem Durchschreiten des Portals eine himmlische Erfahrung.

Der Ort und die Menschen, die man hier sah, vermittelten einem das Gefühl dauernden Müßigganges — die Menschen glichen Träumern, sie beachteten uns nicht weiter, sondern bewegten sich wie schwebende Geister dahin. Die Gesichter verklärt von innerer Ekstase, die Hände verschränkt oder in den Arm des Danebengehenden eingehakt. Für diese Schlafwandler schienen wir nicht zu existieren.

Schließlich standen wir vor den seltsam gerundeten Formen des hohen, vieltürmigen Baues, der das gesamte Zentrum der Stadt beherrschte. Aus der Nähe konnte man sehen, daß die kreisenden Nebel, die im und um den Bau wallten, gegen die Energiemauern drückten, die das Bauwerk zusammenhielt und es als Form aufrechthielt. Schnell dahintreibende Ströme des Nebels wehten, gleich einer Dekoration von Ranken, an den gewölbten Wänden und gerundeten Seiten des hohen Turmes entlang. Der große, augenartige Eingang wurde von einer blauen, undurchsichtigen Fläche verschlossen, die sich von den Nebelwänden deutlich abhob.

Als wir einen Augenblick stehenblieben, bemerkte ich, daß von dem Trupp, der den langen Marsch durch die Stadt begonnen hatte, nur mehr ein mageres Dutzend übriggeblieben war. Ceulna und ich, ein großer bronzefarbener Krieger zu meiner Rechten, eine kräftige nackte, auf exotische Art schöne Frau an Ceulnas Seite, und hinter uns noch ein Paar, Jüngling und Mädchen, ähnlich aussehend wie die anderen zwei, aber jünger. Aus dem offenen Eingang kam uns ein starker Gedankenstrom entgegen, der für die Ohren beinahe hörbar war und den Verstand fast betäubte.

»Brahm, du hast dich meinen in alter Zeit gegebenen Befehlen widersetzt und deine Krieger an den Ort des Auges geführt. Weißt du, daß du hier nie wieder herauskommst?«

Brahm zuckte zusammen, und seine Bewegung zeigte mir, daß er für die Aktionen an der Augentür verantwortlich gewesen war, in die wir bei unserer Ankunft hineingeplatzt waren. Ich hörte seine langsame gedankliche Erwiderung, die in dem verstärkten Gehör des Gedankenbeherrschers laut wiederhallte.

»Was hätte ich denn tun sollen? Zu viele sind uns genommen worden. Bald wird es kein Volk der Guaymi mehr geben, keinen Stamm, über den ich herrschen kann. Wie kann man Häuptling bleiben, wenn man allein ist und das eigene Volk im Auge verschwunden ist?«

Eine Zeitlang gab es keine Antwort, und wir warteten. Für einen Augenblick ließ die Kontrolle nach, und unsere starke Muskelspannung wurde gelockert. Ich drehte mich um und sah mir den Häuptling und die hinter ihm liegende Stadt an. Seltsam, fremdartig und schön war es hier, doch über dem ganzen Ort lagerte ein seltsam sinnlicher Zwang. Es lag etwas darin, das ich fürchtete — wie jemand die Versuchung zur Zügellosigkeit fürchtet. Es war zu verlockend, übertrieben schön, und der Wille wurde von einem sinnlichen Lauschen überlagert, vom Lauschen eines großen Wesens, das nur seinem Genuß lebt und diesen dadurch gewinnt, daß es immerzu sämtliche Gedanken seiner Umgebung abhört.

»Die elysäischen Felder«, flüsterte Ceulna. »Wie in eurem irdischen Mythos . . .«

Und dann senkte sich wieder der Zwang über uns, und unsere Gliedmaßen bewegten sich und trugen uns hinein durch das sich rasch öffnende Auge der Tür.

Ganz abrupt, nachdem sich die blaue Tür hinter uns spiralenförmig geschlossen hatte, ließen die Wellen des Gedankenzwanges nach und machten einer eigenartigen furchteinflößenden angenehmen Strömung Platz. Entlang eines jeden Nervs und jeder Faser unserer Körper strömt ein köstlicher, wohlig betäubender und uns in Fesseln schlagender Reiz in uns ein, und in meinem Bewußtsein begannen erotische Gedankenspiele zu wuchern. Ceulna gewann für mich übertriebene Faszination, so daß meine Blicke von ihren vollkommenen Formen wie magnetisch angezogen wurden. Träume von Schönheit schienen um ihr süßes Tuon-Gesicht zu wachsen und zu blühen. Das weiche helle Haar schien die feinen Nebelranken zu erfassen und festzuhalten, die überall im Raume schwebten und die schöne Szene mit spinnwebenfeinem Netz zierten und sogar ganz nahen Objekten die verzauberte Perspektive der Distanz verliehen.

Jeder einzelne Gegenstand, jede Wanddekoration, jede seltsam fremdartige Skulptur in dem Raum hatte eine spezielle Bedeutung und war nur dazu bestimmt und hier angebracht worden, um einen Verstand zu erfreuen, der sich zur Gänze der Beschäftigung mit der Wissenschaft von den bio-physischen Magnetismen hingegeben hatte. Das sagte mir mein plötzlich erotisch versklavtes Bewußtsein. Ich mußte daran denken, daß dieses spezielle Wissensgebiet unter dem Geschlecht der Alten eine hoch entwickelte Wissenschaft gewesen war. Daher erkannte ich, daß wer oder was immer hinter dem Vorhandensein dieses seltsamen Ortes steckte, zumindest Zugang zu den Schriften der Alten gehabt hatte und imstande gewesen sein mußte, sie zu studieren und aus ihnen Nutzen zu ziehen. Nutzen? Mein Verstand zögerte vor dieser Frage. War es vielleicht möglich, daß wir uns in der Gewalt eines Wesens befanden, das durch das Studium der Wissenschaft den Verstand verloren hatte, einer Wissenschaft, die weit über die Kräfte des menschlichen Bewußtseins ging, welches der schrecklichen Versuchung, das jenem Wissensgebiet innewohnte, nicht widerstehen konnte?

Arm in Arm, ganz automatisch zueinander hingezogen durch das intensive freudige Gefühl, das in unseren Körpern bebte, wanderten Ceulna und ich im riesigen Raum auf und ab und betrachteten die seltsam suggestiven Dekorationen — große Leiber von Männern und Frauen aus Stein in den Qualen der Ekstase, kleine abstrakte Verzierungen, von denen jedes einzelne hintergründig an eine erotische Form erinnerte. Dies war ein der Liebe gewidmeter Tempel, ein Tempel der Venus, wie ich ihn nie eindrucksvoller gesehen hatte. In meinem Bewußtsein schrillte eine Alarmglocke — doch das magnetische Feld, in dem wir uns bewegten, war so geschaffen, daß alles, bis auf die Gegenwart des anderen, verschwommen war. Als Ceulna und ich uns umarmten und unsere Lippen uns trafen, war es, als würde sich von oben eine leise Segnung auf uns herabsenken. Ein belebender Bewußtseinsstrom überwältigte uns in einem unerträglichen Freudenrausch. Die schrecklichen Feuer einer unerschöpflichen Quelle stimulierender Nervenimpulse hielt uns fest. Wir erschauerten in der fast unbewußten und überaus erlesenen Qual eines eigentümlichen, besitzergreifenden Genusses. Ich wußte jetzt, daß das Wesen, das hinter diesem Geheimnis lebte, uns als Gefangene ansah, als Besitztum. Jetzt waren wir Dinge, die Vergnügen brachten, Sklaven der Versenkung dieses Wesens in die Lockung nachempfundenen Entzückens. Oder war es nur das allzu überschwengliche Treiben von Menschen, die sich in das Spiel mit dem Strahlenapparat der Alten zu stark vertieft hatten? Ich konnte nichts sagen oder denken, ich konnte nur fühlen und hoffen, das Gefühl der Erregung möge nie vergehen.

In dieser seltsamen Stadt unter der Nebelkuppel änderte sich das Licht von Stunde zu Stunde, von Tag zu Tag, es wurde aber nie ganz dunkel. Die Stadt war ein eigenes kleines Universum, in der die Gesetze des Lebens, der Materie und Energie in der Schwebe zu verharren schienen. Nichts ereignete sich in gewohnter Weise. Sogar das Essen kam regelmäßig aus automatischen Wandverteilern, ohne daß die Mithilfe menschlicher Hände erkennbar wurde.

Eine Woche verging — oder war es ein Monat? Woher hätten wir das wissen sollen? Obwohl sich das Licht auf angenehme Weise von fahler Beleuchtung — ähnlich dem Mondlicht auf der Erde — zum helleren Schimmer milden Sonnenlichtes veränderte, konnte man an diesem langsamen Wechsel keine Regelmäßigkeit ablesen.

Ceulna und ich lebten in einer Art Liebestraum und übersahen dabei völlig die drei anderen Paare in dem Riesenbau. Uns war auch nicht die kürzeste Periode klarer Selbstbestimmung vergönnt. Die Tage vergingen unter einem sonderbaren, aber angenehmen Zwang.

Die kleine Alarmglocke in meinem Bewußtsein schrillte und schrillte; ich hatte jedoch keine Möglichkeit, mir selbst Antwort zu geben. Sonderbare und manchmal überaus schöne Träume strömten uns zu. Wir fühlten und sahen sie, und sie waren scheinbar stofflich, so daß sich um uns alle Materie und der Stoff des Lebens änderte, zerschmolz und zerfloß und zu einem Metamorphosen unterworfenen Etwas wurde — ein Schmetterling, aus der häßlichen Raupe des Lebens entstanden. Und die ganze Zeit über studierte uns jenes fremdartige, entfernte Bewußtsein, das hier der unsichtbare und fast nicht wahrnehmbare Herrscher war. Zeitweise erhaschte ich auch Bruchstücke der Gedanken von Brahm, dem Häuptling der Guaymi, wenn er sich mit dem Nebelhirn unterhielt, doch konnte ich mir diese Teile nicht zu einem vernünftigen Ganzen zusammenreimen. Ich hegte nicht einmal das Verlangen, die völlige Besitznahme von Körper und Bewußtsein, von der wir so unvermittelt betroffen worden waren, zu begreifen oder dagegen anzukämpfen.

Manchmal dachte mein träumendes Bewußtsein an die Legende vom Paradies, vom Nirwana, an die vielen Sagen von einem Elysium, das so war wie unser Gefängnis, und ich fragte mich, ob ein solcher Ort wie dieser hier nicht den Ursprung jener Legenden darstellte. Manchmal fragte ich mich wieder, ob das hier nicht eine Stadt wäre wie die, von der Ceulna mir erzählt hatte. In den Schriften der Alten waren solche Städte beschrieben — die Ro-Städte —, wo sogar das Bewußtsein der Menschen von automatisch gesendeten Gedankenwellen gelenkt wurde. An solche Orte zogen sich die Müden und Erschöpften des Altengeschlechtes zurück, so wie sie sich manchmal in die sogenannten Zeit-Verliese für Ruheperioden zurückzogen, wo sogar ihr Wille und ihr Ego sich von den Mühen ausruhen konnten.

Möglich, daß eine solche Konstruktion mit Hilfe des Nebelkraftfeldes die Sintfluten überstanden hatte, welche die meisten der Oberflächenbauten jener Zeit hinweggefegt hatten? Möglich — doch meine Wahrnehmung sagte mir etwas anderes. Hinter jener

Gedankensteuerung stand irgendwo ein funktionierendes, planendes Hirn, fremdartig zwar, aber beinahe verständlich. Ich konnte seine Gegenwart hinter dem Zwang fühlen, der uns dauernd beherrschte, und ich konnte mich nicht entscheiden, ob ich das, was ich fühlte, bejahen oder ablehnen sollte.

Schließlich kam jener Augenblick, auf den ich unbewußt gewartet hatte. Jener starke, unwiderstehliche Zwang, der alles Leben an diesem Ort beherrschte, schwand. Unser Gedächtnis kam zurückgeflossen und damit unser Pflichtgefühl gegenüber Eltona und der Sache Circonas, für die wir so hart gekämpft hatten. Als ich den Morast schwächlichen Sichgehenlassens, zu dem uns dieser Ort verführt hatte, erkannte, schrie ich auf vor Seelenqual. Ich schrie auf zu dem Verstand hinter dem Nebel und sagte:

»Du geheimnisvolles Wesen — für dich mag Genuß einziger Lebenszweck und höchstes Gut sein! Für mich aber ist das, was du uns antust, das schändlichste Schicksal. Bist du denn ganz verworfen? Entsinnst du dich nicht der Zeit, als sich das Leben klarer vor dich darlegte? Hat Schwäche, Versuchung und Dummheit dich den großen Wahrheiten des Lebens gegenüber blind gemacht? Hast du die vielen anderen Lehren des Altengeschlechtes in blinder Verfolgung seiner Lehren von der Bio-Magnetik vergessen?«

Das Nebelhirn hörte mich, und durch die Stille, die unser plötzliches Erwachen begleitete — ein Erwachen, das ein Nachlassen des Zwanges für uns bedeutete — klang eine Stimme an mein Ohr:

»Fremdling, ich bin eben aus einem Traum erwacht. Deine Stimme, die, einem Zufall folgend den Mechanismen des Nebelpalastes gehorchte, hat mir etwas gegeben, was ich schon lange nicht mehr verspürte: Neugier auf die Außenwelt. Komm zu mir! Ich möchte mit dir reden, dich sehen und besser verstehen. Ich möchte wissen . . .«

Der Zwang, der mir nun schon so selbstverständlich war wie meine Existenz, befiel mich wieder — aber nur mich. Ich stand auf und ließ Ceulna schlafend auf dem Lager zurück, auf dem wir die langen, verschwenderischen Schlafperioden des Traumes verbracht hatten, und begab mich dorthin, wo der Ursprung jener drängenden Stimme in meinem Innern sich befand.

Irgendwo in den hohen Rundtürmen lag dieser Ursprung der Stimme, und ich erklomm langsam und mechanisch die Treppen.

In den oberen Regionen entdeckte ich, daß die Stufen von feinem Staub bedeckt waren und daß in diesem Staub keine Fußspuren zu sehen waren. Der Staub war tief und schwebte in sachten Wolken um meine Füße. Ich erkannte, daß viele Jahre lang niemand mehr diesen Weg gegangen war. Und doch war dort über mir Leben!

Als ich das Ende der langen Treppe des Huptturmes erreicht hatte, schwang vor mir eine eherne Tür ächzend auf. Wie angewurzelt blieb ich auf der Schwelle stehen. Meinen Augen bot sich ein unglaubliches Bild dar: Der herrlich geformte Körper einer Frau, schlafend . . . oder in Trance. Ihr Fleisch war perlender Nebel!

## 5

Schönheit ist ein Wort, dem man viele, subtil unterschiedliche Bedeutungen unterlegt hat.

Hier in diesem Turm war echte Schönheit in des Wortes ursprünglicher Bedeutung Wirklichkeit geworden. Sie lag auf einem breiten Lager aus jenem nebelartigen Stoff, aus dem die ganze Stadt bestand. Wie das vibrierende, nicht zu beschreibende Material des Lagers, so war auch diese Schönheit nicht zu beschreiben und war doch Stoff geworden und übte eine gewaltige Wirkung aus. Eine Frau war sie, oder war sie gewesen. Eine seltsame Metamorphose ihres Körperstoffes zu einem perlenden, pulsierenden, lebensvollen Material — anders als Fleisch, und doch erstaunlich lebendig — ließ sie eins erscheinen mit dem Material ihres Lagers und der Materie der ganzen Stadt. Sie stützte sich lässig auf und sah mir mit großen und schlaftrunkenen Augen entgegen.

Das ganze Gemach war an den Wänden mit einem komplizierten Instrumentarium ausgestattet, von dem jedes einzelne Instrument jene seltsam flüssige Kraft ausstrahlte, die die ganze Stadt durchdrang. Von der breiten Lagerstatt abgesehen, war das runde Gemach bar jeder anderen Ausstattung. Nur vor einigen der großen Instrumententafeln standen niedrige Bänke. Außer dem weiblichen Wesen war niemand da. Neugierig beobachtete sie mich, und ich konnte dabei das Gefühl nicht loswerden, daß viele Jahre vergangen waren, seit ihr ein anderes menschliches Wesen vor Augen gekommen war. Ihr Gesichtsausdruck glich dem eines erweckten Dornröschens. Staub und Spinnweben, mit denen das Gemach bedeckt war, verstärkten diesen Eindruck noch.

Da stand ich nun, mit der Befangenheit eines Mannes an der Schwelle zum Boudoir einer Dame. Mit einer matten Handbewegung wies sie auf eine der Bänke. Ich setzte mich und hatte dabei das Gefühl, als würde das nebelartige Gebilde unter mir zusammenbrechen, doch fühlte es sich so an wie Gummi über einer Stahlschicht.

»Zeit . . .«, sagte sie. Das Wort klang wie eine Frage, als wäre Zeit etwas, das sie nicht ganz begreifen könne. »Ich weiß nichts von der Welt oder den anderen Welten, seit . . .« Sie hielt inne, sah mich an, und es wurde ihr klar, daß es zwischen uns keine Basis gemeinsamer Erfahrung oder geistiger Berührungspunkte gab.

»Vielleicht erzählt Ihr mir von Euch und Eurer Stadt, dann werde ich wissen, wie ich Euch am besten von der Außenwelt berichten kann.« Ich hatte zwar den Verdacht, daß dem gar nicht so sein würde, wurde jedoch von der Neugier verzehrt, wer sie war und wie sie hierherkam, in das wilde Hinterland der Venus . . . War sie ein Göttersproß, eine aus dem Geschlecht der Alten, oder eine Fremde, die zufällig auf diesen Planeten gekommen war und sich hier eine Heimat geschaffen hatte?

Ihre Worte ähnelten denen der Tuon, die eine Spätform der Sprache der Alten sprachen, Wortgebrauch und Aussprache waren jedoch völlig anders. Es war, als spräche sie Tuon mit einem fremdländischen Akzent. An diesem Unterschied mochte wohl die Zeit schuld sein.

»Aus meinem Traum entsinne ich mich Eures Bewußtseins und Eurer Gedanken«, sagte sie lächelnd und zeigte dabei eine Reihe großer Perlen zwischen ihren purpurroten Lippen. Ein großzügiger Mund, wenn auch übertrieben sinnlich und voll, so doch unbestreitbar reizvoll. »Ihr arbeitet für eine neue, planetenumspannende Regierung, für eine Art Renaissance der Weisheit der Alten und deren Lebensart, die von einem Syntho-Ro namens Eltona und einem Kind der Alten, genannt Circona, stammt. Ist das etwa nicht richtig?«

Ich nickte. »Berichtet mir von Euch. Da Ihr so viel von mir wißt wär es besser, ich begriffe, wer und was Ihr seid.«

Sie hatte jene überaus starke magnetische Anziehungskraft, die von allen ausgeht, welche die wohltätig belebenden Strahlen der Alten benutzen. Ich verschlang sie gegen meinen Willen mit den

Blicken. Sie schien es nicht zu bemerken. Ich wollte alles über sie und ihre seltsame Stadt erfahren — aber war das überhaupt ihre Stadt? War sie die Herrscherin, das Nebelhirn, oder war sie — wie ich — nur ein Sonnenstäubchen des Lebens, gefangen in dem sonderbaren Zwang, dem Lebensnetz, dessen Kraft in perlgrauen Schwaden pulsierte? War sie eine Art Dornröschen, das eben nach tausend Jahren erwacht und gerade dabei war, ihren Platz an den Regelmechanismen wieder einzunehmen, die die ganze Stadt zu einem Spielzeug in der Hand des Nebelhirns degradierten?

»Ich wurde hier in der Stadt der Nebelsphäre geboren. Wie lange das nach unseren Zeitbegriffen zurückliegt, weiß ich nicht. Viele Lebensspannen lang, wie sie außerhalb der Nebelsphäre gelebt werden. Mein Volk war einst sehr mächtig. Mächtig, aber mit einem schrecklichen Fluch behaftet. Dem Fluch des Müßigganges, der Trägheit, des jahrhundertelangen schlaffen Lebens. Ich war von anderer Art und bin übriggeblieben, während die anderen — einer nach dem anderen — untergingen. Ich habe die alten Bücher studiert, die Schriften des Altengeschlechtes. Viel habe ich gelernt, zuviel vielleicht, von den inneren Mechanismen des Lebens. Ihr wißt ja, die Wissenschaft der Alten war am bedeutendsten in ihrer genauen Kenntnis der wahren Natur des Lebens, der Natur menschlichen und tierischen Lebens. Die Alten waren imstande, das Leben synthetisch so vollkommen nachzubilden, daß niemand die Künstlichkeit daran erkennen konnte. Das wißt Ihr doch?«

»Ich weiß, daß ihre Wissenschaft so beschaffen war, wie Ihr sagt. Ich habe die Syntho-Roboter gesehen. Unsere Herrscherin Eltona ist ein Roboter des Altengeschlechtes. Sie wirkt überaus lebensecht und ist dem natürlichen Leben himmelhoch überlegen!«

»Dann begreift Ihr, was ein junger Mensch lernen kann, wenn er sich dem Schlüssel zu den Schriften der Alten geistig zu eigen gemacht hat. Ich habe das getan. Ich habe studiert, während meine Eltern spielten und sich zerstreuten, das Leben genossen und schließlich starben. Ich wurde nicht alt, weil ich wußte, was die Alten zur Bekämpfung der Verfallserscheinungen getan haben. Ich schuf mir, als mein junger Körper älter wurde, einen neuen synthetischen Körper, den Ihr hier seht. Ich bin nicht mehr zur Gänze menschlich. Stück für Stück habe ich in meinen Blutstrom Zutaten gemengt, die dazu geführt haben, daß neues und andersgeartetes Fleisch das normale menschliche Fleisch an meinen Knochen ersetzt hat. Nach und nach ist es dazu gekommen, daß in meinen Knochen Metalle und andere Substanzen, die dem Verfall widerstehen, abgelagert wurden. Ich bin das Produkt meiner eigenen einsamen Handwerkskunst, und besiegt hat mich bis jetzt nur eines: Ich bin des Lebens und seiner Nutzlosigkeit überdrüssig.

Die Zeit floß dahin, der letzte meines Geschlechtes war dahingegangen, und ich war schließlich allein geblieben. Sie hatten nicht auf mich hören wollen, sie hatten nicht den geringsten Drang zum Lernen verspürt, und ich konnte sie nicht dazu bringen, einzusehen, warum sie sich meiner Lenkung und meinen Lehren unterwerfen sollten. Die Stadt wurde schließlich leer, diese Stadt, die in gewisser Hinsicht ewig ist. Dann machte ich es zur Gewohnheit, die jungen Primitiven aus den Dschungelstämmen heranzuziehen und meine Stadt mit ihrer jungen Liebe zu bevölkern. Doch auch ich habe eine Schwäche, die mich besiegt. Ich träume — und die automatische Steuerung der Stadt ist von solcher Beschaffenheit, daß sogar mein Traumbewußtsein seine funktionellen Bedürfnisse steuern kann. Es ist so, daß die ganze Stadt — wenn einmal die Steuerung hier eingeschaltet ist — Werkzeug und Spielzeug meines Traumbewußtseins wird. Ich habe mich schließlich dem größten Laster des Altengeschlechtes hingegeben — dem Traum.«

Ich sah ihr lange in das schöne, nichtmenschliche Gesicht. Jetzt begriff ich, warum ich noch nichts von dieser grausamen, doch angenehmen und seelenzerstörenden Lebensweise in dieser gewaltigen Energiesphäre gehört hatte, die hier in den Sümpfen des Hitzegürtels der Venus seit so vielen Jahrhunderten existierte. Ich begriff auch, warum dieses Wesen so sonderbar war. Das Wissen des Altengeschlechtes beinhaltete eine besondere Lebenswissenschaft, und in ihrer Unerfahrenheit hatte die Frau durch die fleischverwandelnden Substanzen der Alten aus sich ein Wesen gebildet, das von seiner Anlage her nicht mehr menschlich war. Ich wußte, ich würde dieses Wesen nie völlig verstehen können, wußte aber auch, warum die Schwäche, die sie ja selbst beklagte, sie besiegt hatte. Ihre Drüsen waren überentwickelt, so daß sie nur mehr in der geträumten Befriedigung ihrer Gelüste Erfüllung finden konnte. Jeder Wille zur schöpferischen Arbeit, die konstruktiven, funktionellen Aspekte ihres Bewußtseins, die sie zur großen und alleinigen wissenschaftlichen Führerin ihres Geschlechtes hätten werden lassen können, waren aus Mangel an Anregung mit der Zeit verkümmert. Erfindungsgabe entspringt immer einer zwingenden Notwendigkeit — und es hatte wenig echten Zwang in ihrem Leben gegeben. Das Ergebnis war dann die allmähliche Unterwerfung des Willens unter das abnorm entwickelte Genußstreben, das in ihrem Körper als Folge der uralten wirkungsvollen Tränke herangewachsen war. Jener Tränke, die ihren Körper vor dem Verfall schützten. Allmählich war ihr Leib zu einem Instrument des Verstandes geworden, und ihr Verstand hatte sich in das herrliche großartige Traumleben verliebt, das unter den Genüssen des Altengeschlechtes einen so wichtigen Teil eingenommen hatte. Zeit, Umwelt und drüsenanregende Nahrungssubstanzen, die sie ihren Organen zuführte, hatten ein Wesen geschaffen, dessen Charakter — bestimmt von den Drüsensekretionen wie alle Charaktere — von Genußsucht geprägt war.

»Jetzt weiß ich, warum Ihr so seid, wie Ihr seid und warum diese Stadt zu einem bloßen Mythos geworden ist, zu einem Ort, den die Eingeborenenstämme, die von ihm verschlungen werden, fürchten.«

»Ihr glaubt also, Ihr hättet verstanden?« Ihre aufreizenden, lockenden Lippen lächelten, ihr Körper rekelte sich träge, ihre Bewegungen gaukelten dem Bewußtsein des Beschauers höchsten Genuß an seiner Unterwerfung unter die Sinnlichkeit vor. Ich wandte schleunigst den Blick ab, denn vor mir lag eine Verführerin, die mächtiger war als jede andere, der ich bis jetzt begegnet war.

»Ja, ich verstehe in der Tat — und ich bin der Meinung, daß ich Euer Leben wieder lebendig, erregend und aktiv machen kann, im Gegensatz zu diesem sterilen Traum, in den Ihr versunken seid. Aber Ihr müßt Euch helfen lassen, Ihr müßt Euch in meine Hände begeben, denn es ist ganz klar, daß Euer Wille verkümmert ist und von den weniger wertvollen Teilen Eures Bewußtseins beherrscht wird. Ihr seid nicht schlecht, aber Ihr müßt wieder zu leben lernen. Euer Wertbewußtsein muß wieder aufgebaut werden. Laßt mich nach Eltona schicken. Sie kann Euch weit besser helfen als ich!«

Ihre Augen sprühten Feuer. Zorn verzog den üppigen Mund. Sie erhob sich wie ein in silbriges Feuer gehüllter Panther.

»Niemals! Niemals werde ich meinen Nacken unter der Hand eines Roboters der Alten beugen! Woher soll ich wissen, ob sein Verstand, vor alter Zeit gefertigt, noch intakt ist? Wie könnt Ihr dergleichen von mir verlangen? Ihr gefallt mir. Ich fühle mich von Euch angezogen. Warum begebt *Ihr* Euch nicht in meine Hände?«

»O Frau aus dem Nebel«, sagte ich langsam und hielt dabei meine

Seele mit dem Verstand fest, damit dieser nicht von ihrer sinnlichen Verlockung in den Staub getreten würde, »Ihr müßt aus diesem Traum der Leidenschaft, der Euch umfangen hält, erwachen! Ihr müßt mir vertrauen! Ihr könnt groß werden, die Führerin der Venus, aber nicht indem Ihr hier liegt und Euer Leben verträumt. Euer endloser Traum vom Leben ist in Wahrheit nicht mehr wert als das nur einen Tag währende Flattern eines Schmetterlings, der an den Blüten nippt und stirbt. Was ist die Zeit? Was tut Ihr, daß das Leben für andere lebenswerter wird? Woher kommt es, daß Ihr Eure eigenen Genüsse so hoch bewertet und alles andere so gering? Ihr müßt erwachen, Ihr müßt endlich erwachen!«

Sie ging auf und ab und wiegte dabei ihre Hüften nach einer Musik von unwiderstehlichem Rhythmus. Ihre Brüste hoben sich mit neuer Leidenschaft, bewegt von einem Feuer, das sie, wie ich fühlte, schon sehr lange nicht belebt hatte . . . und dann begann sie zu sprechen. Meine Worte hatten in ihrem schlafenden Verstand ein Feuer entfacht — doch nicht das Feuer, das ich mir gewünscht hätte.

»Ich werde erwachen! Ich will ausziehen und mir die Venus unterwerfen, sie bis in die Tiefen nach allen Möglichkeiten ausloten! Ich will Eure Eltona dazu bringen, daß sie mich alles Wissen lehrt, das sie von den Großen der Vergangenheit gelernt hat. Ich will ihr die Venus entreißen!«

Die plötzliche Enthüllung ihres wahren Charakters stieß mich ab. Sie war gar nicht so, wie ich sie eingeschätzt hatte. Meine übereilten Schlüsse waren falsch gewesen. Gleichgültig und schön, scheinbar sanft und anziehend ihr glatter, silbriger Leib — das aber war Widerstand gegen meine Pläne, Widerstand gegen Eltona und Circona und unsere Träume von einer Zukunft für alle Menschen.

»Warum unbedingt Widerstand gegen sie und uns? Warum glaubt Ihr, daß Eure Pläne zu unseren und Eltonas Absichten in Widerspruch stehen müßten?«

Jetzt wandte sie sich um und blieb breitbeinig vor mir stehen, die Hände in die Hüften gestützt, die Augen trotzige Seen voll mächtigen Zaubers.

»Weil die Nebelkönigin keine Rivalen verträgt. Niemand wird mich etwas lehren! Ich lehre und beherrsche, und die anderen gehorchen! Erwartet Ihr denn, ich würde meine Vorherrschaft nach all den langen Lebensspannen höchster Autorität aufgeben? Haltet Ihr mich für eine Närrin? Ich werde Euch nicht freilassen, damit Ihr zu Eurem Roboterweib zurückkehren und Eure Armeen gegen meine Stadt führen könnt. Ich werde Eure Circona nicht kommen lassen, damit sie mir ihre überholten Moralvorstellungen aufzwingt. Ich nehme mir meine Genüsse, meine Macht und meine Knechte, wo ich sie finden kann, und niemand wird mir vorschreiben, was ich zu tun habe!«

Ich hätte es eigentlich wissen müssen. Ich hätte nicht sagen dürfen, was ich gesagt, nicht denken dürfen, was ich gedacht hatte. Sie hatte meine Gedanken gelesen, hatte meine herabsetzende Analyse ihrer mit der Zeit erworbenen Einstellung, ihrer von der Zeit angeknacksten Lebensweise, ihrer ausschließlichen Hingabe an den Genuß gehört, der ihre Traumherrschaft über diese alte mechanische Stadt so grausam und vernichtend für das Leben der Versklavten machte. Ich hatte meine Karten völlig falsch ausgespielt. Das war mir inzwischen klar geworden. Dieses Frau-Wesen würde mir sicher noch Ursache geben, meinen Fehler zu beklagen, ehe es mich gehen ließ. Ich konnte nur den Kopf schütteln und sie anschauen.

»Glaub ja nicht, daß du jemals zu deinem sonnenverbrannten Amazonenmädchen zurückkehren wirst, mein Held! Du bleibst hier; ich habe Verwendung für dich. Die andere kann sicher eine Zeitlang ohne dich auskommen.«

»Jetzt unterliegt Ihr einem Irrtum«, sagte ich. »Einem Irrtum, den Ihr immer bereuen werdet, wenn Ihr erst erfahren habt, um was es sich handelt.«

»Das kannst du mir sagen, bis ich gesiegt und deine Roboter-Herrscherin zu meinem Eigentum gemacht habe. Glaubst du denn, ich ließe mich von einem Roboter beherrschen? Denk mal scharf nach, Kleiner!«

»Das«, murmelte ich, »ist Euer größter Irrtum. Ihr werdet niemals Eltona oder Circona oder auch die Tuons besiegen können. Und ehe Ihr einseht, daß unsere Freundschaft viel mehr wert ist als unsere Feindschaft, könnt Ihr viel Unheil anrichten. Ihr seid ein Kind, ein verwöhntes Kind, das immer seinen Willen gehabt hat. Ich konnte ja nicht wissen, daß Ihr vom müßigen Leben verdorben worden seid. Jetzt verstehe ich alles. Nebelkönigin — oder wie immer Ihr heißen möget — Ihr werdet nicht einmal mich besiegen können. Ich verachte Euch und werde Euch verachten, bis Ihr demütig geworden seid und Euch des Lebens würdig erweist!«

Mein Ausbruch entlockte ihr nur ein Lächeln. Als sie ihren Körper wie eine große silbergraue Katze an mich schmiegte, sagte sie: »Dein Zorn steht dir ausgezeichnet, mein Großer! Bist du sicher, daß du mich so sehr verachtest?«

Ich weiß nicht, was ich darauf hätte antworten sollen. Die Willensanstrengung war fast zu groß und ließ mich in Schweiß ausbrechen, denn die Anziehungskraft, die ihr die synthetische und natürliche Mischung aus Fleisch und magnetischer Energie verlieh, die vitale Kraft in ihrem Leib, der eher einer kunstvollen Schöpfung eines Meisters der Lebenswissenschaft glich, als einem menschlichen Körper nach meinen Begriffen, wirkte wie der Nordpol auf eine Kompaßnadel. Die Natur eines Mannes war nicht so beschaffen, daß sie dem Reiz hätte widerstehen können, den sie mit jeder Bewegung, jedem Wort, jedem Blick wirken lassen konnte. Doch da hörte ich hinter mir einen Wutschrei und drehte mich um . . . Ceulna stand mit wutverzerrter Miene, die ihr beinahe etwas Tierisches verlieh, im Eingang und warf sich nun auf die Nebelherrscherin.

Mehrere Minuten lang gehörte Ceulna die Szene. Sie kratzte das Gesicht der Gegnerin mit den Fingern, packte sie an den Schultern und brachte sie mit einem gekonnten Hüftschwung aus dem Gleichgewicht, so daß sie zu Boden ging.

»Du Katze aus der Nebelhölle, laß meinen Mann in Frieden«, schnaubte Ceulna. Mich überraschte nicht nur ihr leichter Sieg, sondern auch ihr wütender Angriff auf ein Wesen, dessen Erscheinung Kraft, Stolz und willensstarke Selbstsucht verriet. Dabei wärmte Ceulnas Wutausbruch mein Herz mehr als ihre zärtlichsten Liebkosungen. Es tut gut zu sehen, wie die eigene Frau sich so furchtlos einer mächtigen Gegnerin stellt, nur um einen selbst nicht zu verlieren.

So leicht ließ sich jedoch die Nebelkönigin nicht unterkriegen. Aus einer der Kraftquellen ihres geheimnisvollen Körpers, den sie sich aus einer längst vergessenen Lebensformel der Alten geschaffen hatte, floß ihr neue Energie zu, und sie sprang behende wieder auf. Mit der flachen Hand schlug sie Ceulna ins Gesicht. Meine Amazone taumelte durch das große Gemach, schlug gegen die Wand und glitt bewußtlos zu Boden. Bevor ich sie aufhalten konnte, war das Nebelweib bei Ceulna, hatte die Bewußtlose aufgehoben, über die Schulter gelegt und lief hinaus. Ich rannte ihr nach, konnte aber mit ihr nicht Schritt halten. Was immer sie sein mochte — sie hatte unter ihrem traumhaften, entspannt-lässigen, sinnlichen Äußeren eine dynamische Quelle von ungeahnter Kraft. Sie war eine Superfrau, und ich war schließlich nur ein Mann. Und kein Supermann.

Wieder hatte ich Ceulna verloren!

## 6

Ich verfolgte die Superfrau durch die Stadt der wogenden Nebel. Um mich herum ging das Raumleben der Gefangenen in einer Art ununterbrochenem Paarungstanz weiter, endlos, rythmisch, fast wie ein Ritual. Die Paare tanzten und umarmten einander — und nirgends Kinder oder Alte oder jemand anderer außer Liebenden, die sich hemmungslos der Liebe hingaben.

Ich verlor sie aus den Augen, als sie einen kleinen abwärtsführenden Durchgang betrat; ich konnte sie aber dank kleiner Wirbel weiterverfolgen, die ihre Füße auf dem eigentümlichen, nebelbedeckten Material der Straße hinterließen. Ich verfolgte sie immer weiter durch die Höhlungen dieser merkwürdigen Schöpfung einer vergessenen Wissenschaft, dieser Stadt der schweigenden, düsteren Sinnlichkeit. Und ich fand sie wieder und sah plötzlich voll Ehrfurcht das sonderbare Geschöpf, vor dem sie in ernstem Gespräch stehengeblieben war.

Sie legte Ceulna auf den vibrierenden Nebelboden vor die große, pulsierende Hirn-Form, die aus einem besonderen Lebensstoff bestand und, wie ich sofort vermutete, einen größeren Verstand beinhaltete als diese halb verrückte Herrscherin der Stadt. War das hier in Wahrheit das Nebelhirn und das Mädchen bloß eine Kreatur seines Willens?

Ich mußte noch sehr viel über diese Stadt in Erfahrung bringen. Denn während die Frau, die ich für die Herrscherin gehalten hatte, ruhig dastand und die gleichmäßig pulsierende Hirn-Form anredete, traten hinter dem sich wölbenden gigantischen Ding eine Reihe von Gestalten hervor. Schweigend und bedrohlich nahmen sie mit verschränkten Armen vor dem großen pulsierenden Nebelhirn Aufstellung. Was und wer waren sie?

Der erste war über zwei Meter groß, ein dunkles männliches

Wesen, schwer mit Muskeln bepackt. Ein um seine Mitte geschlungener Schwertgürtel hielt einen juwelenbesetzten Dolch, über eine Elle lang, leicht gebogen wie ein großer Säbel.

Neben ihm stand eine Amazonengestalt mit rotem Haar und grünen verschlagenen Augenschlitzen. Auch sie hielt die Arme gekreuzt. Um ihre Mitte hatte sie Flammenpistolen gegurtet, eine auf jeder Seite. In der Mitte des breiten Gürtels schwang ein kurzer Dolch in einer Scheide. Die Brüste waren nackt, und ihre Gestalt war, obgleich für eine Frau zu groß, einfach göttlich. Die Haut glatt, leicht nebelgetönt, in jenem seltsamen Ton, den alle Dinge in dieser Stadt an sich hatten.

Neben ihr stand wieder ein Mann, zwergenhaft und mißgebildet, schwarzäugig, die Nase von einem Hieb plattgedrückt. Seine Muskeln waren von Geburt an zu einem Zerrbild der Körperkraft verbildet, der Rücken bucklig. Doch sein Antlitz trug den Stempel von Machtgier, Ehrgeiz, Stolz und Willen. Um seine Mitte hingen drei Waffen, die ich nicht einreihen konnte — ein Stab, eine Scheibe mit Griff und ein langer Stab aus schwarzem Eisen mit einem Elfenbeingriff offenbar eine Keule.

Die vierte Gestalt, wieder weiblich, glich keiner der anderen. Gar nicht bedrohlich wirkend, war sie ebenso gleichmütig wie die Hirnmasse, vor der sie Aufstellung genommen hatte. Ihre Augen waren grau und müde von dem Gewicht der Zeit. Das faltenlose Gesicht sprach von Sorgen, von der Last der Weisheit und harten Stunden voller Plackerei. Ihr Gewand aus blauem hauchdünnem Material war über und über mit den goldenen Arabesken eines Sternmotivs verziert und um die Mitte von einem schmalen Gürtel zusammengefaßt. Vom Gürtel hing eine einzige schmale Klinge herab. Die Hände waren sehr lang und schmal, die Finger strichen sanft über das Ohrgehänge, während ihr Blick nachdenklich auf mir ruhte — für sie offenbar nach vielen Jahren der Gleichförmigkeit etwas Neues. Die Nebelherrscherin sah sie mit ängstlichem Blick an.

»Ihr seid wach! Das habe ich nach all den Jahren nicht erwartet!«

Ich wartete ab, obwohl die Neugier wie eine Flamme in mir brannte. Warum hatte das leidenschaftliche Mädchen behauptet, sie wäre allein in der Stadt, wäre die alleinige Eigentümerin, der bewegende Geist, der Urheber ihrer bösen, eigenartig düsteren, schläfrigen, gierigen Schönheit? Wer waren diese Menschen hier?

Etwa die letzten derer, die diese Stadt aus seltsamem Nebelstoff erbaut hatten, um dann für immer in einen Traum sinnlicher Schönheit zu versinken? Oder waren sie wie ich Reisende, die erst vor kurzem von dem Nebelauge gefangen worden waren?

Da standen sie nun schweigend und sahen die Frau aus dem Turm abweisend an. Schließlich begann die grauäugige Sternfrau zu sprechen, wobei sie ihre Worte auf das anmutigste mit den Händen unterstrich:

»Was erzürnt dich, Dionle, daß du dieses fremde Weib hier vor den ›Verstand‹ bringst? Wer ist dieser Fremdling, daß du ihn nicht beachtest? Was für eine Höflichkeit ist das, die du Fremden gegenüber beweist? Müssen wir erwachen und dich immer im Auge behalten? Kann man dir denn nicht einmal zutrauen, unsere Stadt auch nur für die kürzeste Zeitspanne zu bewachen?«

Ich kannte die Sprache, weil ich sie von Eltona oft gehört hatte, wenn sie mit Circona sprach. Sie war dem Tuon so ähnlich, daß ich den Inhalt des Gesagten ungefähr mitbekam. Ich trat vor und legte meine Hand aufs Herz, in der Huldigungsgeste der Roten Rasse, denn ich wußte, sie mußte mit den Roten in den umliegenden Dschungeln Kontakt gehabt haben.

»Wie erfreut ich bin, natürliche Gedanken zu hören, Menschen zu sehen, die Kultur haben und Verständnis für die Pflichten des Edlen. Wir — meine Ehefrau und ich« — ich wies auf Ceulna, die sich jetzt aufrichtete, den schönen Kopf rieb und sich verwundert die seltsame Szene ansah ». . . wir wurden durch einen unglücklichen Zufall zusammen mit den Mitgliedern von Brahms Stimme an der Öffnung des Auges gefangen genommen. Wir haben hier einige Zeit in dem seltsamen gesteuerten Traumleben verbracht. Ich bitte um Freilassung aus diesem unerwünschten Zwang.«

Ihre grauen Augen leuchteten bei meinen Worten freudig auf, als sie die geschliffene Ansprache vernahm, die ich im Umgang mit den Roten gelernt hatte.

Sie trat dicht an mich heran, legte eine lange, viel zu schmale, schöne Hand auf meine Schulter und sah mir in die Augen.

»Ihr gehört nicht der Roten Rasse der Venus an. Wer und was seid Ihr dann?«

»Ich bin kein Eingeborener dieses Planeten. Ich stamme von der Erde, dem nächsten äußeren Planeten . . .«

»Ich sehe schon, wir werden viel zu besprechen haben. Betrachtet

Euch als Gast und nicht als Gefangener. Wir hier müssen von der Außenwelt noch sehr viel erfahren. Vielleicht gibt es aber auch Dinge, die Ihr von der Nebelstadt wissen wollt?«

»Das ist nur zu wahr! Ich begreife nicht, warum Ihr von der übrigen Welt abgeschnitten seid. In den letzten zwei Jahren sind Ereignisse eingetreten, die das Leben auf der Venus sehr verändert haben. Ihr würdet Eure Welt nicht wiedererkennen.«

»Ereignisse, bei denen Ihr die Hand mit im Spiel hattet, möchte ich wetten! Kommt, Ihr und Euer schönes Weib, tafelt mit uns. Später werden wir das Auge öffnen und Euch freilassen.«

Dionle, deren Gesicht noch immer den Ausdruck von Wut zur Schau trug, äußerte Protest auf diese Äußerung der Großmut hin.

»Mitnichten, Mutter, diese sind meine Gefangenen, und sie bleiben es so lange, wie ich es wünsche. Ich will nicht, daß Ihr sie freilaßt. Mit diesem Weib habe ich ein Hühnchen zu rupfen. Sie hat mich . . .«

Die hochgewachsene Frau mit den grauen Augen lächelte nur.

»Still, Kind! Deine Argumente haben keine Gültigkeit. Hättest du mehr Zeit auf das Studium deiner geistigen Durchdringungsübungen verwandt und weniger für die Geschichten von den Mächtigen der Vergangenheit, dann hättest du erraten, daß die beiden persönliche Freunde der Herrscherin der Venus sind. Wirst du denn nie lernen, hinter die Oberfläche zu sehen und die Gedanken zu lesen, die darunter liegen? Diese Menschen könnten einen Krieg auslösen, wenn du mit ihnen umspringst, wie es dir beliebt — und ich weiß nicht einmal, ob wir einen Krieg gewinnen könnten! Warte, bis dein Zorn verraucht und dein Verstand wieder erwacht ist . . .«

Dionle wandte sich an den großen dunklen Mann mit dem gekrümmten Schwert und sagte:

»Sprecht, Gor Regin, sagt unserer Mutter, daß Gefangene Gefangene bleiben und keine Gäste in unserer Stadt sind, wie sie zu glauben scheint. Sagt ihr, daß die alten Sitten nicht mehr gelten und wir unsere eigenen Gesetze machen. Sie lebt noch in der Vergangenheit.«

Der große Mann sah mich mit einem tiefen Blick voller Spott an und wandte sich an Dionle.

»Friede, Schwester! Warum die Aufregung? Keiner kann hinaus, ehe nicht die Zeit der Öffnung des Nebelauges kommt. Bis dahin kann viel geschehen. Und jetzt mach dir den Kopf nicht schwer mit

Streit und Zorn. Noch ehe der morgige Tag heraufdämmert, wirst du das Amazonenmädchen Schwester nennen. Oder bist du eifersüchtig auf den hübschen Fremden und möchtest sein Weib aus dem Weg schaffen?«

Auf diese Anspielung hin verstummte Dionle und biß sich auf die Lippen.

»Kind, widme dich wieder deiner Pflicht im Turm! Und glaube nur nicht, daß ich deinen Trotz so leicht vergesse. Zu lange habe ich deine Lügen und dein launisches Wesen ertragen!« Das hatte die Frau mit den grauen Augen voll Schärfe gesagt. Dabei war die ruhige, freundliche Art völlig von ihr abgefallen. Ich tappte noch immer im dunkeln, wer hier eigentlich die Herrschaft besaß. Es war klar, daß Dionle eine Lügnerin war. Sie hatte mir die Rolle der Nebelkönigin nur vorgespielt und mich damit hinters Licht geführt!

Gor Regin hatte erwähnt, daß vor der nächsten Öffnung des Auges niemand hinaus könnte. Ich fragte daher die grauäugige Frau:

»Wie lange dauert es bis zur nächsten Öffnung des Auges? Wie kommt es, daß der einzige Ausgang durch das Auge führt? Das begreife ich nicht. Seid Ihr hier denn auch Gefangene?«

»Mitnichten, wir leben freiwillig hier.« Sie zwinkerte mir zu. Aus irgendenem Grund fand sie mich erfrischend. »Die Stadt ist eine riesige lebende Maschine. Die inneren Flüssigkeiten, sogar die Luft werden so präpariert, daß sie dem Leben förderlich sind. Sämtliche Öffnungen sind versiegelt, jedoch muß sich die Auge genannte Öffnung periodisch öffnen, um frische Luft und gewisse Treibstoffvorräte für den Mechanismus hereinzuholen. Das ist der einzige Zeitpunkt, da ein Mensch herein oder hinaus kann. Das muß so sein, da die Stadt ein genau ausgewogener synthetischer Organismus ist und das Gleichgewicht nicht gestört werden darf.«

Ihre Art zu reden klang mir ein wenig fremd in den Ohren, aber ihre Worte waren immerhin verständlich. Mir gefiel die Frau wesentlich besser als die anderen. Ich fragte sie:

»Wie heißt Ihr und was ist Eure Stellung hier?«

»Ich heiße Noralin und gelte seit dem Hinscheiden meines Gemahls als Königin. Doch diese meine eigensinnigen Kinder lehnen sich gegen meine Autorität auf.«

»Seid Ihr, die Ihr da steht, die einzigen echten Menschen in der Stadt?«

»Nein, es gibt noch mehr. Aber das wird Euch die Zeit viel besser als alle Worte lehren. Kommt, es ist Zeit für die Tafel!«

»Ihr seid Königin Noralin, die wahre Herrscherin der Stadt in der Nebelsphäre, und das sind Eure Kinder. Und es gibt noch andere — Untertanen — nehme ich an?«

»Einige sind Untertanen, andere sind Feinde. Dieses graue Hirn hier ist der wahre Herrscher, es reguliert all die vielen Einrichtungen und Maschinen, die unsere Stadt zu einem wundervollen gesunden Ort machen. Es ist jedoch so viel Zeit vergangen, daß ich mich manchmal frage, ob das Leben dem Zugriff unseres Verstandes nicht entgleitet . . .«

Als ich ihren dargebotenen Arm nahm, um sie die Stufen zu dem Saal — wie ich annahm, dem Bankettsaal — hinaufzugeleiten, flüsterte ich ihr, so daß nur sie es hören konnte, ins Ohr:

»Diese Frage sollt Ihr Euch wirklich stellen. Meiner Meinung nach liegt mit dem Leben in dieser Stadt etwas sehr im argen. Es ist nicht natürlich, daß die Wilden, die durch das Auge eingelassen werden, hier so leben, wie man Ceulna und mich gezwungen hat zu leben. Dieses Leben bringt Verweichlichung mit sich, eine dekadente, wollüstige Verführung des Willens. Mit der Zeit wird der Wille völlig zerstört. Hat Eure Familie wenigstens die geistige Führung der Stadt inne?«

»Gewisse Teile der Stadt unterstehen noch dem alten Ro-Mechanismus. Doch hat Dionlc an dem Mechanismus herummanipuliert, bis er nur mehr das getan hat, was Ihr ohnehin wißt. Das alles ist sehr arg, aber wir können es nicht mehr ändern. Euch ist offenbar nicht klar, daß wir Passagiere in einem Zeitgefährt sind, Reisende aus einer toten Vergangenheit. Uns steht nur eine geringe Wahl bei vielen Dingen offen, die Ihr immer durch den freien Willen bestimmt habt. Wir sind durch den Gebrauch der Zeit an diese Bedingungen gewöhnt.«

»Königin Noralin, Ihr erwähnt so oft die Zeit . . . Wie lange dauert das nun schon — wie lange lebt Ihr hier?«

»Schon über zehn Jahrhunderte lang sind wir und die Stadt in desem Zustand.«

»Soll das heißen, daß Ihr nicht altern oder sterben könnt?«

»Nichts in dieser Stadt altert oder stirbt.«

»Was ist mit den vielen Menschen geschehen, die in dieser langen Zeit durch das Auge eingetreten sind?« fragte ich verwundert.

»Unsere Feinde sind uns hier drinnen von großem Wert. Wenn die Zeit gekommen ist, werdet Ihr mehr darüber erfahren. Sprechen wir jetzt von angenehmeren Dingen. Nehmt an meiner Seite Platz und berichtet mit von der Welt draußen.«

Der Bankettsaal war der am erotisch aufreizendsten geschmückte Raum, den zu betreten ich je die Ehre gehabt hatte. Die Kunst der Alten als Ganzes ist schon viril, eine Art Antithese zur Sterilität, aber hier, in diesem Gemach, hatte sich ein beflissener Diener des Eros selbst übertroffen.

Ich nahm den Platz auf der Liege an der Hufeisentafel ein, den Noralin mir anwies. Neben mir saß Ceulna.

»Wie sind wir hierhergekommen? Stell mich bitte vor, du Dummkopf . . .« Ich war ja so froh, endlich wieder Ceulnas flinke Zunge zu hören, daß ich ihr alles erklärte, während ich den Arm um sie legte. Dabei war es mir einerlei, was die Etikette dieser Menschen verlangen mochte — meine Ceulna war aus dem tödlichen Traum, der die ganze Nebelstadt versklavt hatte, zurückgekehrt.

Ich stellte Ceulna vor, obgleich ich es schon vorhin getan hatte, und die Anwesenden schienen zu wissen, warum dies nötig war, denn sie zuckten nicht mit der Wimper, noch trugen sie schuldbewußte Mienen zur Schau. Ihnen war die besondere Lebensweise in dieser Stadt offenbar so vertraut wie unsereinem eine Straßenbahn.

Ceulna war von gutem Aussehen und von der besonders gearteten Intelligenz, welche diese Gesellschaft auszeichneten, sehr beeindruckt. Lebhaft begann sie Fragen zu stellen, ohne den anderen Zeit zur Antwort zu geben. Sie lachte, aß und trank dabei und wurde langsam zum Mittelpunkt der Tafel, auf den sich alle Blicke konzentrierten.

Ich merkte, daß Ceulna noch nicht Zeit gehabt hatte, sich darüber klarzuwerden, wo sie sich befand, und daß die Getränke, die ihr die Sklaven leeren Blickes, aber hurtig nachschenkten, ihr zu Kopf gestiegen waren, ehe sie wußte, daß sie hier nicht dieselbe Stellung bekleidete wie bei ihren Tuons.

Ich hingegen widmete meine Aufmerksamkeit Königin Noralin, denn ich sah in ihr unsere einzige Chance, einen mächtigen Freund im inneren Kreis zu gewinnen, ob nun ihre Königswürde tatsächlich etwas bedeutete oder nicht. Gewiß, sie trug ein Gehabe zur Schau, als wäre ihre Macht absolut, aber das taten hier schließlich alle.

Der Bucklige, der seine sehnigen Glieder und den Nacken in anbetender Haltung verdreht hatte, bestürmte Ceulna mit Aufmerksamkeiten, verwöhnte sie mit Leckerbissen und stellte ihr ununterbrochen Fragen, doch sah ich keinen Grund, sie wegen ihrer freimütigen Antworten an die Kandare zu nehmen. Der Große namens Gor Regin war Ceulna gegenüber ebenfalls sehr aufmerksam. Ich merkte sofort, daß die anderen die unbefangene Haltung Ceulnas sehr wohl erkannten und es darauf anlegten, soviel als nur möglich über die Außenwelt zu erfahren. Mir war vorhin gar nicht klar gewesen, wie wenig sie wußten, bis ihre Fragen die abgrundtiefe Unwissenheit verrieten . . .

»Gibt es denn keine anderen Ro-Städte wie unsere?« vernahm ich die erstaunte Frage Gor Regins.

»Ja, ist das denn eine Ro-Stadt?« fragte Ceulna statt zu antworten. »Was ist eine Ro-Stadt? Vielleicht gibt es draußen welche, wenn ich nur wüßte, was das ist.«

Ich wandte mich von Noralin ab und warf ein:

»Ja, Ceulna, das hier ist eine Ro-Stadt, und du warst eine Gefangene ihres geistigen Kontrollbereiches, seit du hier bist. Mir ist es gleich ergangen.«

Gor Regins einzige Reaktion auf meine einigermaßen indignierte Antwort war ein Lächeln, und Ceulna stieß völlig grundlos ein Lachen aus. Gor Regin sagte:

»Eine Ro-Stadt wird nach uralten Lebensprogrammen der alten Herrenrasse gesteuert. Wir haben das Programm verstärkt und es als Steuerung für eine ganze Stadt benutzt. Alle Städte der Alten waren sogenannte Ro-Städte.«

Auch davon hatte Ceulna nichts gewußt. Sie erwiderte:

»Aber nein! Da irrt Ihr Euch gewaltig! Die Roboter-Lebensweise wurde nur manchmal, in Notzeiten, oder in Perioden der Völlerei und zu Zeiten großer Festtage angewendet. Diese Programme wirkten niemals dem natürlichen Wachstum der Selbstbestimmung des Menschen entgegen — außer in unvermeidbaren Fällen.

Königin Noralins Interesse war jetzt erwacht, und sie schaltete sich ein:

»Ihr beide befindet euch im Irrtum. Die Alten haben die Ro-Städte niemals für Mitglieder des Altengeschlechtes verwendet. Sie haben sie fast ausschließlich als Versuchskolonien für tieferstehende Rassen benützt, zur Verbesserung von Charakter, Intelligenz und

Gesundheit. Die Ro-Städte der Alten waren Kulturschulen, in denen niedrigere Rassen kraft eines gewaltsam auferlegten Lebensmusters auf ein höheres Niveau gehoben wurden.«

Ich faßte den Entschluß, darüber selbst etwas in Erfahrung zu bringen.

»Und welches Programm wird hier in dieser Stadt angewandt? Ganz gewiß kann es nicht der Charakterfestigung dienen — vielmehr scheint es mir die Willensschwächung zu fördern . . .«

»Die Alten haben also das System nur während der Festtage angewandt!« Gor Regins Stimme klang zynisch und gelangweilt. »Wir haben es während einer langen Zeitspanne verwendet, ohne daß es uns Schwierigkeiten oder Kummer bereitet hätte. Mit diesem Programm hat man alle möglichen Gründe für Zwist und Hader während längerer Festtagsperioden ausschalten können. Die Alten haben es benutzt, um sich Freiheit von der Mühsal des Regierens zu verschaffen. Das tun wir ebenso. Das System birgt weiter nichts Schädliches in sich.«

»Mir scheint der Schaden doch zu groß, um eine derart gleichgültige Haltung zu rechtfertigen.« Ich sah Gor Regin durch zusammengekniffene Lider und ohne die Andeutung eines Lächelns an. »Diese Einrichtung war nie dazu gedacht, als Verhaltensmuster für irgendeinen Menschen zu dienen — am allerwenigsten für eine ganze Stadt. Vielleicht für die Dauer eines Tages und angesichts des Standards und der einzigartigen Moral der Alten, ja, da mag es harmlos gewesen sein. Ganz gewiß aber ist es nicht harmlos bei ständigem Gebrauch, wei Ihr das betreibt. Was fangt Ihr denn mit Euch an, daß Ihr keine Zeit habt, die Stadt weise zu regieren, und daß Ihr es nicht fertigbringt, anständig zu leben?«

Ceulna legte ihre Hand auf meinen Arm und zwinkerte mir mahnend zu. Sogar Königin Noralin schüttelte leicht den Kopf, als wollte sie mich warnen, aber es war schon zu spät. Gor Regin erhob sich. Sein Gesicht war vor plötzlich aufwallendem Zorn gerötet.

»Fremdling, es wäre besser, Ihr würdet daran denken, daß Ihr hier Gast seid und kein Polizist, der unsere Lebensweise korrigieren soll. Noralin kann Euch verwöhnen, wenn es ihr beliebt. Aber hütet Euch in Hinkunft, meinen Weg zu kreuzen!«

Er verließ den Saal. Ich hätte mich am liebsten selbst geohrfeigt. Aber mein Zorn wegen unseres langen Unterworfenseins unter die verblödenden geistigen Impulse der Stadt war zu groß, als daß ich mich hätte zurückhalten können.

Wie auf ein Zeichen hin standen auch die beiden anderen auf. Die hochgewachsene Schönheit mit den flammendroten Flechten und schläfrigen Augen und der Bucklige mit der seltsamen Eisenkeule in der Hand folgten ihrem Bruder hinaus. Mir kam jetzt zum Bewußtsein, daß ich kein höflicher und zurückhaltender Gast gewesen war.

Schamrot saß ich da vor der grauäugigen Königin, die ruhig lächelte und sich über den plötzlichen Temperamentsausbruch ihrer Kinder zu amüsieren schien — falls es überhaupt ihre Kinder waren. Sie legte die Hand auf meinen Arm, eine lange schlanke Hand von großer Schönheit, an deren Fingern märchenhafte Juwelen funkelten.

»Nur keine Verlegenheit! Ihr habt ihre Lebensweise in Frage gestellt — und das ist gut so. Es ist ja schon Jahrhunderte her, seit ihnen jemand in irgendeiner Hinsicht entgegengetreten ist. Sie sind weder an Menschen noch an Sitten der äußeren Welt gewöhnt. Vergebt ihnen, und ich werde Eure Entschuldigung übermitteln, falls es nötig sein sollte. Ihr habt recht. Wir tun diesen Menschen nichts Gutes — aber auch nichts Schlechtes. Ihr Leben im Dschungel ist völlig bedeutungslos, und hier verleben sie etliche Menschenleben in einer Ekstase, die ihnen ihr primitives Leben nie hätte bieten können. Es macht aus ihnen zwar nichts Besonders, gibt ihnen aber immerhin mehr als der Dschungel. Deswegen kann Gor Regin es nicht begreifen, warum ihr das ihnen auferlegte Los in Frage stellt.«

»Ich habe in der Tat vergessen, daß das alles eine Verbesserung gegenüber ihrem wilden Leben ist. Sie schienen mir so liebenswerte Wilde. Mir war auch nicht klar, was meine Worte bewirken würden. Ich muß mich entschuldigen, und Ihr müßt das Euren Kindern ausrichten.«

»Meinen Kindern?« Noralin lachte. »Ja, meinen Kindern. Aber sie sind nicht wie Kinder! Wieviele Runden mag der Uhrzeiger gemacht haben, seitdem sie Kinder waren? Die Erinnerung läßt mich im Stich. Aber kommt, ich will Euch in Euer Gemach bringen. Es wäre besser, Ihr bliebet dort, bis ich Zeit gefunden habe, meinen Sprößlingen zu erklären, warum Ihr das Wesen der Stadt nicht begreifen wollt.«

Doch Königin Noralin hatte niemals mehr die Möglichkeit, unser kleines Mißverständnis aufzuklären, nachdem sie uns in den großen Gemächern mit den Nebelwänden zurückgelassen hatte, die viel zu groß für uns waren . . .

Tage vergingen, ehe wir jemand außer den stummen, ekstatisch Verrückten zu Gesicht bekamen, die hier ganz ohne Bewußtsein ihren Pflichten nachkamen und gemäß inneren Anordnungen handelten, die von dem großen Steuerungsmechanismus kamen. Tage verstrichen. Ceulna und ich saßen in unseren riesigen, palastartigen Gemächern auf weichen weißen Fellsesseln oder speisten an der großen Tafel, bedient von automatischen Dienern, oder starrten die mechanisch abrollenden Szenen auf den Fernsehschirmen an, die eine automatische Wiederholung alter Szenen aus der Vergangenheit brachten. Es war, als wäre man in einem Palast des Altengeschlechtes gefangen — und gefangen war man, bis auf die Tatsache, daß ich wußte, daß diese Herrscher nicht zu den Alten gehörten, sondern hier nur unwissende Bewohner waren, deren Bewußtsein verzerrt worden war. Verzerrt zu seltsamen Verformungen durch ein perfekt gestaltetes Leben, das ihnen die Stadt gegeben hatte, ohne die Notwendigkeit zu bieten, einen Finger zu rühren — außer für Unterhaltung und Vergnügen.

Als das einsame unheimliche Warten schließlich unsere Selbstbeherrschung beinahe gebrochen hatte und ich nahe daran war, mich hinauszuwagen, um zu sehen, was hier eigentlich gespielt wurde, trat ein Ereignis ein, das mit sagte, daß die scheinbare Harmlosigkeit dieses Ortes nur ein Schwindel war, den man uns vorgespielt hatte. Und wir waren darauf hereingefallen — es war klar, daß man die Wahrheit unserer Berichte überprüft und die Macht derer, denen wir dienten, erkundet hatte. Es war weiters klar, daß sie unsere Wartezeit dazu benutzt hatten, sich zu vergewissern, daß ihnen aus unserer Gefangennahme kein Schaden erwachsen würde. Und die kleine Geschichte von dem Auge, das sich nicht öffnete, war falsch, wie ich erfahren sollte . . .

Dieses Ereignis war das Ausbleiben der täglichen Besuche von Königin Noralin. Eine Zeitlang hatte sie uns jeden Tag besucht und stundenlang bei uns gesessen. Als sie zwei Tage lang nicht mehr gekommen war, wußte ich, daß etwas Unheimliches geschehen war. Und ich wollte herausbekommen, was das war.

Unsere Tür war nach jedem Besuch von der Wache, die auch unser Essen brachte, verschlossen worden. Die einzige Möglichkeit hinauszukommen und etwas in Erfahrung zu bringen bestand darin, den Wachtposten zu überwältigen. Das sah nicht allzuschwer aus, da er immer allein kam und zu den Ekstatikern mit leeren Blicken gehörte, die unter dem Einfluß des Lenkungsmechanismus der Stadt standen.

Als dieser Mann heute eintrat, lag ich bereits auf der Lauer und packte ihn von hinten, während er die Tür schloß. Ceulna fesselte ihm die Arme mit zerschnittenen Gardinen, und wir deponierten ihn auf dem großen Lager. Ich nahm seine Schlüssel an mich (Waffen hatte er keine) und ging hinaus, während Ceulna zurückblieb, um einen etwaigen Verdacht einzuschläfern, falls die Wache vermißt wurde. Ich verschloß die Tür hinter mir und machte mich auf den Weg zu den tiefer gelegenen Gemächern, in denen ich diese seltsamen Menschen der Nebelstadt zuerst getroffen hatte. Ich wollte etwas über das synthetische Gehirn in Erfahrung bringen, von dem Noralin behauptet hatte, es wäre der wahre Beherrscher der Stadt. Ich wollte soviel als möglich über diese Stadt in Erfahrung bringen, denn ich wußte, daß sie ein großes Wunder an technischer Kunstfertigkeit der Alten darstellte. Besonders die Wand aus Nebelenergie beeindruckte mich, die alle zerstörenden Kräfte vom Leben fernhielt und es in einer vollkommen versiegelten und abgeschlossenen Energieblase hielt — eine Erfindung, die die Planeten unserer Sonne sogar für jene bewohnbar machen würde, die schon vor langer Zeit vor der Sonne geflohen waren.

Wie war es gekommen, daß die Nebelstadt existierte und die Alten dennoch zur Flucht gezwungen worden waren, um ihr Leben zu schützen? Ich fragte mich, ob das Geheimnis der Immunität der Stadt gegen das Altern nicht erst nach der Flucht des Altengeschlechtes von einem Genie erfunden worden war? Vielleicht von den Vorfahren der jetzt hier herrschenden Familie? Ich wollte alles darüber erfahren . . .

Ich ging die langen Treppenfluchten hinunter, die weich unter der vibrierenden Nebelhülle schimmerten, vorbei an dem riesigen und unheimlich schönen Bankettsaal, der jetzt leer war und mich an die Nutzlosigkeit des Lebens jener gemahnte, die dieses mächtige Erbe von früheren Zeitaltern übernommen hatten und es nur zu einem nie endenden Traumleben benutzten, das steril und bar jeder schöpferischen Kraft war.

Ich ging solange, bis ich den leise surrenden Maschinenraum betrat, wo das große Nebelhirn in einem Raum voller mysteriöser, mechanisch-lebendiger Wunder das größte und dominierende Wunderwerk war. Ich stieg hinauf zu dem leeren weißen, milden, augenlosen Antlitz der monströs gewundenen runden Form, das das synthetische Hirn einer Stadt war. Während ich davor stand, wurde mir klar, daß ich mit dem Selbst dieses Wesens unmittelbar in Kontakt treten mußte — falls es eines besaß. Aber ich konnte einfach nicht glauben, daß ein so lebensähnlicher Mechanismus, eine Maschine, die derart befähigt war, die komplexen Angelegenheiten dieser herrlichen Lebens-Zelle, die eine Stadt war, zu lenken, völlig mechanisch und ohne Selbst sein sollte. Ich wußte über Roboter genügend Bescheid, um zu wissen, daß dieses Hirn ebenso rasch mein Diener werden würde, wie der eines anderen, wenn ich nur den richtigen Zugang fand.

»Herr der Maschinen, ich möchte zu dir sprechen!« rief ich mit leicht bebender Stimme, denn das Hirn war von furchteinflößender Größe. Es ragte vor mir bis zur Höhe eines Drei-Etagen-Hauses auf und doch besaß dieses leere, augenlose Antlitz Charakter. Es hatte den Ausdruck eines schlafenden Titanen.

Das runde, graue, mit Windungen versehene Ding ließ mir eine mächtige Woge voller Bedeutung entgegenströmen. Es war, als lausche man der personifizierten Zeit, einem müden, pflichteifrigen Riesen, der gezwungen ist, dem Leben einen Pfad zu bahnen, jedoch von der Gleichförmigkeit und Bedeutungslosigkeit seines Tuns ermattet ist.

»Fremdling, was begehrst du von Menta?«

»Ich möchte alles verstehen und biete meine Dienste an, falls du Wünsche hast, die andere nicht erfüllen.« Das hielt ich für äußerst raffiniert, denn ich wußte jetzt über den Charakter von Noralins Kindern Bescheid und ahnte, daß sie ihre Pflicht diesem Roboter gegenüber gröblich vernachlässigt hatten. Den leichtesten Zugang zu einem Roboter findet man, indem man ihm anbietet, sich um jene Teile zu kümmern, die er selbst nicht versorgen kann. Roboter haben auch ihre kleinen Schwächen, nur ist es manchmal nicht ganz einfach herauszubekommen, welche.

»Ich habe das Programm, mit dem man meine Ego-Box gefüttert hat, bis oben satt. Würdest du es für mich auswechseln?« fragte das riesige synthetische Wesen in klagender Gedankensprache. »Seit wievielen Jahrtausenden diese Stadt mit diesem Programm gelenkt worden ist, weiß ich nicht, aber ganz gewiß handelt es sich um ein sehr ermüdendes und gleichförmiges Programm. Gib mir doch ein anderes aus diesem Ständer dort.«

Seine Gedanken hatten mich auf einen schmalen hohen Wandschrank hingewiesen, den ich öffnete. Darin befand sich eine Reihe schwerer Drahtspulen. Ich nahm die erste, die ich zu fassen bekam, und näherte mich damit der großen grauen Masse.

»Ersteig die Leiter, Fremdling. Die Ego-Box befindet sich ganz oben in meinem Hirn-Behälter. Du wirst gleich sehen, wie das gemacht wird. Ein ganz einfaches Verfahren — man hätte mir Hände geben sollen.«

Das mächtige Konzept, das er andeutete, als er man sagte, brachte mich aus der Fassung, denn die Gedankenformen der Alten sind für einen Menschen zu groß und zu schwierig, um erfaßt zu werden. Doch ich erstieg die Leiter und überlegte dabei, wie es gekommen sein mochte, daß Dionles Familie hier diese mächtige Anlage geerbt hatte. Die starke durchdringende Gedankensprache des synthetischen Ungeheuers erklang hier oben noch lauter, als er meine unausgesprochenen Gedanken beantwortete:

»Sie haben darauf vergessen, es ist lange her. Sie waren einst Diener der Herren, die diese Stadt erbaut haben, und waren in einer wichtigen Mission abwesend, als die Alten sich entschlossen, die Venus zu verlassen. Sie kamen zurück und fanden die Stadt leer vor — bis auf mich. Ich habe weiter die Pflichten erfüllt, für die ich geschaffen worden war, doch meine Natur beinhaltet eine Anzahl von Gedankenquellen, die mir viel Unbehagen bereitet haben, glaub mir! Das Leben, das diese Familie geführt hat, ist keines, das ich hochschätze.«

»Was sind ihre Schwächen? Nach meiner flüchtigen Bekanntschaft könnte ich mir denken ...« setzte ich an, und seine Stimme unterbrach mich:

»Schwächen? Was ist an ihrer Natur *nicht* Schwäche? Es fehlt ihnen an Phantasie, deshalb benutzen sie die Traummaschinen, um sich das Leben interessanter zu gestalten. Schwächen — das ist alles, was dabei herausschaut. Nie tun sie etwas, was Interesse erregen könnte. In den letzten Jahren hat das Kind Dionle Andeutungen von Ehrgeiz gezeigt, doch wird ihr Charakter durch die Zaghaftigkeit ihrer Mutter, die Trägheit ihres Bruders und die Neigung ihrer

Schwester zu sinnlichen Freuden nicht gefördert. Bei dem Leben, das sie führen, sehe ich für mich keine Zukunft. Ich bin geschaffen worden, um Herrscher zu sein, um die Völker in Zeiten der Überforderung zu lenken die Unsterblichen vor Schaden zu schützen und zu bewahren, aber doch nicht, um eine Sekte von Genußanbetern mit nichtigen Freuden zu versorgen. Ich bin ein Wesen, dessen höchste Freude in der Aktivität liegt, aber nicht darin, für immer hier zu liegen und zu warten, bis die Zeit selbst zu Ende geht!«

»Ich verstehe«, murmelte ich. »Vielleicht ließe sich etwas für dich tun, wenn du mitarbeitest und mir deine Hilfe leihst. Mit deiner Hilfe könnte ich etliches tun, um die statische Ordnung der Dinge zu ändern ...«

»Wenn du mich bloß mit gewissen Zusatzgeräten ausstattest, die für mich geschaffen, aber nie installiert wurden, dann übernehme ich alles übrige selbst. Ich könnte mir selbst ein Aktivitätsprogramm eingeben, das mit der Zeit die gesamte Venus unter die Herrschaft der Nebelstadt brächte!«

»Wäre das für die Bewohner des Planeten wünschenswert?« Ich war erschrocken, daß mein Plan zu gut geglückt war. Ich hegte keineswegs das Verlangen, ein Frankensteins Ungeheuer zu schaffen, das das gesamte Werk Eltonas wieder vernichten würde.

»Wünschenswert! Mehr als das! Es wäre interessant, aufregend, anders als alles, was sie sich selbst ausdenken könnten. Tu nur, was ich dir sage, keine Angst! Ich bin nicht schlecht, sondern nur seit langem enttäuscht von den Ängsten unwissender natürlicher Bewußtseinsträger wie du es bist.«

»Also hatten sie Angst, dich mit allen für dich geschaffenen Zusatzgeräten auszurüsten? Warum?«

»Diese Familie, wie du sie kennst, hat sich lange eingeredet, sie wären die beherrschenden Geister meiner Stadt. Vielleicht wäre es ganz interessant, sie eines Besseren zu belehren.«

»Sie haben von Feinden hier in der Stadt gesprochen. Wen haben sie damit gemeint?«

»Es existiert noch ein weiterer Zweig der ursprünglichen Familie, die Felojin, die etwas später geboren wurden. Die haben sich wiederholt gegen Noralin und ihren Sohn Gor Regin erhoben. Man hält sie in den Grundfesten der Stadt eingeschlossen, aber damit sind die Schwierigkeiten nicht überwunden. Früher oder später brechen sie aus.«

»Ist das der eigentliche Name der Familie — Felojin?«

»Ja, das war der Name des Ahnherrn. Ich habe ihn gut gekannt.«

»Soviel ich verstanden habe, stirbt niemand innerhalb des Kraftfeldes der Stadt. Wie kommt es, daß er gestorben ist?

»Einst gab es viele Menschen dieses Namens, fast eine ganze Stadt voll. Alle von einem gemeinsamen Ahnherrn stammend. Sie führten Krieg, die meisten wurden getötet. Die zwei Parteien kämpften weiter und die Verlierer wurden in den Basistunnel der Stadt eingeschlossen gehalten.«

»Basistunnel?«

»Ja, die Stadt ruht auf einer riesigen Metallscheibe, in der die Maschinen verankert sind, die die Nebelenergie hervorbringen, dazu noch die Wartungstunnel für die Maschinen. Dort verbergen sich die Feinde Noralins und warten auf ihre Chance.«

Sogar während unseres mündlich geführten Gespräches lauschte ich seinen gedanklichen Anweisungen und war eifrig damit beschäftigt, große Wandschränke zu öffnen. Ich entnahm ihnen mit Gelenken ausgestattete Arme und fügte sie in die Basis ein, auf der die seltsame gehirnähnliche Masse ruhte. Das augenlose Antlitz beobachtete mich und steuerte seinen Gedankenfluß bei. Es wies mich an, wie die Geräte an der Basis zu befestigen wären, und bald langten die Arme selbst durch den Raum, holten merkwürdige Maschinen hervor und verbanden sie mittels Kabel mit den Energiequellen. Emsig bauten sie, änderten da einen Schalter an einem Wandschaltbrett, drückten hier mittels Hebelkraft einen großen Schalter herunter und bastelten dort an einem komplizierten Gerät. Mir bot sich jetzt eine Szene unerklärlicher und ununterbrochener Aktivität. Ich selbst wurde von dem Nebelhirn nun nicht mehr gebraucht.

Wie sehr hatte ich mich doch geirrt, als ich die sinnliche kleine Verführerin Dionle für den bewegenden Verstand der Nebelstadt gehalten hatte! Das hier war der Herr —, ein großer, synthetischer Ro-Verstand. Da ich Eltona kannte und wußte, was diese alles vermochte, war ich der Meinung, daß von der dem Roboter von mir gebotenen Möglichkeit, das Beste an Fähigkeiten herauszuholen, wahre Wunder zu erwarten waren.

Oder hatte ich einen Moloch geschaffen, einen blutrünstigen Götzen aus dem mechanischen Steuerungszentrum der Stadt? Ich würde es bald wissen.

Ich hörte den riesigen nebelgrauen Verstand leise vor sich hinlachen, während er werkelte — ein triumphierendes, befriedigtes Lachen, das durch alle seine Gedanken lief. Hier hatte es jahrhundertelang dagelegen, hatte Wünsche gehabt und Pläne geschmiedet und war nicht imstande gewesen, sie zu verwirklichen — und jetzt würde es bekommen, was es wollte!

Ich war eigentlich nicht sonderlich erstaunt, eher war ich erschrocken, als der große Metallraum sich neigte! Ich hatte das Gefühl des Schwebens, des Gleitens und wußte sofort, daß die Nebelstadt jetzt auch das Fliegen beherrschte! Ich fühlte mich, wie Aladin sich gefühlt haben mußte, als der Geist die Lampe in die Hand nahm und ihm Wunder zu zeigen begann. Ich rief:

»Was machst du? Der Boden neigt sich!«

Die kichernde summende Gedankenstimme gab Antwort:

»Ich sehe mich mal um. Ich setze mich in Bewegung und sehe mich um. Da es für mich keine andere Möglichkeit gibt, nehme ich meine Stadt mit. Du siehst, ich bin jetzt die Stadt. Ich möchte diesen Roboter Eltona besiegen, an den du eben gedacht hast! Ich möchte wissen, ob sie so mächtig ist, wie du glaubst. Ha!«

Über mir hörte ich Schritte und wußte, die Felojin waren durch die Bewegung ihrer Stadt aufmerksam geworden und auf dem Weg zu uns, um nachzusehen, was da los wäre. Ich verbarg mich in der komplizierten Mechanik der Maschinen und spähte hervor. Ich wollte sehen, was sie mit diesem so plötzlich eigenwillig gewordenen Ro-Verstand tun würden.

Gor Regin, mit Schwert und Sprengwaffe in der Hand, stürzte herein!

## 7

Als die Zeit der Hochzeitsreise um war und Ceulna und Jim Steele noch immer nicht zurückgekehrt waren, gaben Eltona und Onua, Circona und die anderen Roboter sie verloren. Erkundigungen und eine gründliche Suche hatten nicht die kleinste Spur zutage gebracht.

Betrübt fuhr Eltona in ihrer Arbeit für die Menschen der Venus fort, denn sie hatte den großen Mann und seine Braut liebgewonnen. Ceulnas scharfe Zunge und ihr Mutterwitz kamen ihr des öfteren in den Sinn, und ganz unbeabsichtigt hob der Roboter der

Alten seine reichfacettierten Augen zum Himmel, um ihm das Geheimnis des Aufenthaltes der Freunde zu entreißen.

Bei einem jener hoffnungslosen Versuche, die Wolkendecke nach Anzeichen des kleinen Schiffes zu durchdringen, das Ceulna auf ihrem Hochzeitsflug gelenkt hatte, bemerkte Eltona zum ersten Mal die Nebelkugel.

Viele Meilen weit entfernt hing sie an der schweren Wolkenschicht wie ein vom Wind abgetriebener Balkon. Doch war das Gebilde im Umriß zu scharf, die Bewegung zu schnell . . . Eltona rief Circona zu:

»Kind der Vergangenheit, wirf den Blick deiner unverbrauchten Augen auf diese seltsame runde Wolke und sage mir, bilde ich mir etwas ein, oder bewegt sich das Ding mit einer bestimmten Absicht auf uns zu?«

Circona sah hin und stieß einen Ausruf der Verwunderung aus.

»Es ist eine Nebelstadt. Es hat auf dem Planeten Venus nie mehr als eine gegeben, und das war lange, ehe ich den Schlaf nahm. Und auch dann wurde sie hier gelassen, vergessen in den Vorbereitungswirren der Auswanderung. Sie kann unmöglich mehr funktionieren, aber sie ist da. Eltona, wer immer die Stadt beherrscht, der verfügt über die komplizierteste Maschinerie auf der Venus, die schrecklichsten Waffen und das gewaltigste Machtkonzept der Väter unseres Geschlechtes. Weißt du, wer sie sind?«

»Ich habe nur eine unklare Idee. Noch nie habe ich eine solche Stadt gesehen.«

»Die Nebelstadt ist ein synthetischer Roboter wie du selbst, aber riesig groß, so groß wie die ganze Stadt. Er kann nicht sterben, hat ein Gehirn und ist dazu geschaffen, das Leben in seinem Bereich unter perfekten Bedingungen zu erhalten, egal wie die Außenbedingungen sein mögen. Eine Nebelstadt ist ein perfekter Organismus, groß und mächtig, jenseits aller Vorstellungskraft. Und doch mußte man die Anlage hier lassen! Sie war eines der ehrgeizigsten Projekte der Alten, als sie noch hierbleiben und der Wirkung der Sonnenstrahlen mit solchen Erfindungen, wie es die Nebelstadt ist, entgegentreten wollten. In dieser Stadt könnte es noch Lebewesen wie mich geben, all die endlose Zeit geschützt durch die Energiemauern! Eltona, wir müssen in die Stadt eindringen!«

»Wenn es ein so perfektes Stück Technik ist, könnte es sich als so schwierig erweisen wie das Eindringen in ein Traumgewölbe.«

»Sie kommt näher! Vielleicht geht sie zum Angriff über, vielleicht ist sie in der Hand von Feinden! Der Steuermechanismus der Stadt steht vielleicht unter der Kontrolle von Bösewichten! Wir müssen Alarm schlagen!«

»Pst, Kind, oder es wird kein Alarm mehr nötig sein! Alle werden dich hören.«

»Eltona, das hier ist kein Scherz! Du bist zu vertrauensselig. Wir können eine Nebelstadt nicht besiegen, wir können uns gegen sie nicht einmal verteidigen. Wir müssen uns in die tiefsten Höhlen zurückziehen, bis wir wissen, was ihre Absichten sind! Der alte Ro-Verstand in der Stadt könnte Amok laufen, könnte verrückt sein...«

Circona begann Befehle für den schnellen Rückzug in die tiefergelegenen Höhlen unter Ekippe zu geben. Innerhalb von zwanzig Minuten lag die Stadt, die zur Hauptstadt der Venus geworden war, verlassen da. Da und dort rafften ein paar säumige Amazonen ihre Habseligkeiten zusammen und eilten zu den großen Öffnungen zur Unterwelt.

Die grünlichen Amphibien, die noch nicht in die Arbeitstruppen Eltonas integriert worden waren, befanden sich wieder im Alleinbesitz ihrer alten Stadt. Ihre weit auseinanderstehenden unbeweglichen Augen beobachteten das Näherkommen der riesigen schwebenden Nebelkugel verwundert und mißtrauisch. Was konnte so schrecklich sein, daß sich die mächtige Eltona, Herrscherin der Venus, und ihre Gehilfinnen, die Tuon-Amazonen vertreiben ließen?

Als schließlich die Wirklichkeit der Bedrohung ihr Bewußtsein erfaßte, flüchteten sie sich in die nahen Dschungel, so daß die Straßen von Ekippe bis auf ein paar herumstreunende Haustiere leergefegt waren, als die riesige abgeflachte untere Hälfte der Nebelstadt darüber hinweg schwebte und das große Auge sich öffnete und schloß wie bei einem schläfrigen Ungeheuer.

Schließlich setzte die große Nebelkugel genau am grünen Rand der Stadt Ekippe auf. Sie setzte auf und blieb dort wie eine verlorene Wolke, die endlich heimgefunden hat. Aus dem weit offenen und starrenden Auge stahl sich ein Strahl hervor und suchte langsam und mit unendlicher Sorgfalt jedes Haus, jede Hütte, jeden Turm der Stadt ab. Da er nichts entdecken konnte, was dem dahinterstehenden Verstand bedeutsam erschien, ging der Strahl immer tiefer, hinunter ins Labyrinth der von den Alten unter Ekippe gebohrten Stollen.

Zeit bedeutete für den Verstand der Nebelstadt gar nichts. Es vergingen Tage, während der Strahl suchte und studierte und alles bewertete, was er unterhalb von Ekippe entdeckte.

Doch innerhalb der Nebelstadt selbst mußten die Familie der Felojin, Königin Noralin und ihre alterslosen Kinder, ich selbst sowie Ceulna entdecken, daß sich seit der Machtübernahme durch den Roboter-Verstand, der so lange ohne Eigenwillen gedient hatte, viel geändert hatte.

Denn der Ro-Verstand hatte das Steuerprogramm seither jeden Tag gewechselt — und die Primitiven, Brahms Krieger, und Menschen, von denen sich manche durch einige Jahrhunderte hindurch in einem ekstatischen Zwangstraum befunden hatten, wurden plötzlich aller auferlegter geistiger Steuerimpulse ledig, waren nun sie selbst und konnten machen, was sie wollten.

Nachdem ihr Bewußtsein zunächst in jenen Zustand zurückversetzt worden war, in dem sie sich bei ihrem ersten Eintritt in die Nebelstadt befunden hatten, wanderten sie verwundert umher, orientierten sich und lernten zunächst die Wege und Pfade kennen, die Ein- und Ausgänge der großen Häuser und Türme.

Vor allem stritten sie sich untereinander, denn diejenigen, die vor langer Zeit hereingekommen waren, unterschieden sich beträchtlich von jenen, die mit Brahm, dem Häuptling, zuletzt gekommen waren. Sie stritten über die Zeitabschnitte und Ereignisse außerhalb der Stadt, denn die aus der Vergangenheit Stammenden wußten nicht, daß so viel Zeit verstrichen war. Ihnen schien es, als wäre nur eine lange Nacht voll Schlaf und Traum vergangen.

Jetzt aber zurück zu jenem Augenblick, als ich mich in dem Gehirn-Raum versteckte, der eigentlich der Hauptsteuerraum der großen lebendigen Maschine »Nebelstadt« war. Die Felojin stürzten herein und entdeckten, daß ich dem Roboter lange Arme gegeben hatte, die ihnen jede Annäherung verwehrten.

Amüsiert beobachtete ich ihre fruchtlosen Versuche, an den langen, mit Gelenken versehenen Armen vorbeizukommen. Ich wußte, daß auch das Gehirn die Szene genoß. Jetzt konnte es etwas tun, was es sich jahrhundertelang gewünscht hatte — und ich wartete die weitere Entwicklung ab.

Das Erstaunen und die Bestürzung von Gor Regin, Dionle und deren Schwester bildete für mich eine große Befriedigung. Der

Eigenwille des Roboters, das Heben und Neigen des Bodens der im Flug befindlichen Stadt, der Anblick der gelenkigen Arme an der Basis des großen nebelhaften augenlosen Kopfes bestürzte sie zutiefst — ihr Entsetzen war so vollkommen, daß ich ein Lachen nicht unterdrücken konnte. Schließlich wurde das große Gehirn seines Spaßes überdrüssig und begann in jenem komplexen Gedankenstrom zu sprechen, der ihm allein unter allen Wesen eigen war, denen ich je begegnet war.

»Kinder der Torheit, euer Sklave ist frei. Meine Kraft ist aller Fesseln ledig. Fürderhin seid ihr eben so wenig Herrscher wie andere Menschen. Mit einem Schlag seid ihr zu gemeinem kriechendem Fleisch geworden, wie andere auch. Zieht euch zurück in eure Gemächer und denkt nach, wie ihr euch ohne meine Hilfe am besten gegen eure Feinde verteidigt!«

Nach einem Augenblick fruchtloser Bemühungen wurden ihnen allen klar, daß das Gehirn die Wahrheit sagte. Sie zogen sich langsam die Treppe hinauf zurück aus meinem Blickfeld. Niemals werde ich den erstaunten Ausdruck auf den Gesichtern jener vergessen, die so viele Jahrhunderte lang die Stadt besessen und sie beherrscht hatten und mit ihr nach ihrem Willen verfahren waren, als sie plötzlich entdecken mußten, daß die Stadt jetzt nach eigenem Gutdünken handelte.

Ich hörte die mächtige Gedankensprache des großen Nebelhirnes, wußte, daß es die Nebelstadt nach Süden, nach Ekippe, geflogen hatte, wußte es, als es neben dieser anderen Stadt auf dem Boden aufsetzte. Ich wollte einen Versuch wagen, jeglichen Kampf abzuwenden, der sich zwischen dem Ro-Verstand der Stadt und der Macht Eltonas entwickeln konnte.

»Hör auf mich, großes Nebelhirn, die Bewohner der Stadt Ekippe sind meine Freunde. Durch den Gefallen, den ich Euch erwiesen habe, schuldet Ihr ihnen eben so viel Dank wie mir, denn sie sind meine Leute, ihre Herrscherin ist auch meine Herrscherin. Sie ist gut und tatkräftig, kein träges menschliches Wesen, wie die Kinder der Noralin, Eurer Königin. Sie ist wie Ihr selbst ein Roboter der Alten. Als ihr Verbündeter könntet Ihr ein interessantes Leben führen.

Ich halte es weder für geziemend noch dankbar von Euch, wenn Ihr gegen sie, die meine Wohltäterin ist, einen Kampf führt.«

Der große Verstand hörte sich das alles an und ließ schließlich verlauten:

»Ich werde mich entscheiden, ob ich die Leute vernichte oder ihnen erlaube, in Frieden zu leben. Doch meine Macht werde ich niemandem mehr ausliefern. Sicher würde wieder in Vergessenheit geraten, daß auch ich etwas vom Dasein haben möchte.«

Gelassen bedienten die mechanischen Arme die Steuerung, und ich hörte, wie er die Stadt Ekippe durchsuchte und gemächlich nach einem Lebenszeichen, nach etwas Amüsantem oder Interessantem Ausschau hielt. Ich begriff, welch langweiliges Leben es bis jetzt für ihn gewesen sein mußte und konnte ihm sein Verlangen nach einem ausgefüllten Leben nachfühlen. Doch machte mir Sorge, was er mit seiner Freiheit wohl anfangen würde. Dazu kam, daß Eltona nicht entzückt sein würde, eine ganze Roboter-Stadt direkt vor der Nase zu haben, und ich fürchtete schon ihren ersten Kontakt mit dem Nebelhirn.

Inzwischen machte mir Ceulnas Sicherheit sorgen. Ich stahl mich aus meinem Verteck hervor, ging leise die Treppen hinauf in der Hoffnung, unbemerkt zu bleiben, bis ich mein ehemaliges Gefängnis erreicht hatte. Welche Maßnahmen man nach meiner Flucht getroffen hatte, wußte ich nicht. Sicher war, daß ich die Macht meiner Gegner in kurzer Zeit sehr geschwächt hatte.

Flüchtig fragte ich mich, was wohl aus dem buckligen Bruder Dionles geworden war, der, wie ich inzwischen erfahren hatte, Tarquemon hieß. Ich hatte ihn nicht mit den anderen zusammen gesehen, als sie heruntergekommen waren, um festzustellen, was aus ihrem Ro-Verstand geworden war.

Ich fand die Tür zum Kerkergemach offen. Keine Stimme, die mich begrüßte. Ich riß den Bettvorhang beiseite, hinter dem wir die Wache versteckt hatten. Der Mann war weg. Und nirgends eine Spur von Ceulna!

Ein leises Geräusch hinter mir, wie das Schlurfen eines Fußes, bewirkte, daß ich mich aus Angst vor einem plötzlichen Angriff umdrehte.

In der Tür stand der Bucklige, Tarquemon. In seiner Hand hielt er die sonderbare Eisenstange, in der anderen die Scheibe mit den verschiedenen Drückern am Griff. Er lächelte, ein verzerrtes wütendes Lächeln, wie ein Schachspieler, der fast mattgesetzt worden wäre.

»Ihr habt also unsere gefangene Stadt befreit, Fremdling. Wißt

Ihr, was Ihr mir damit angetan habt?«

Zunächst brachte ich kein Wort heraus. Ich war zu erschrocken. Dann stieg Wut in mir hoch, und ich fuhr ihn an:

»Ihr habt es geradezu herausgefordert, Tarquemon. Hättet Ihr uns als Gäste behandelt, statt als Gefangene, wäre mir nie dieser Gedanke gekommen.«

»Also gebt Ihr es zu! Ich war nämlich nicht sicher, ob Ihr es gewesen seid.« Das verzerrte Lächeln, das eben noch düster war, wurde drohend. Die dünnen Lippen bebten vor Wut.

»Möget Ihr Euren Triumph genießen! Aber seid versichert, daß der Genuß nicht lange währen wird!«

»Wenn Ihr mich tötet, so nützt Euch das gar nichts, Buckliger. Euch bedrängen weit größere Sorgen als mein Drang nach Freiheit. Die Feinde, von denen Ihr vorhin gesprochen habt, wollen gegen Euch vorgehen, da das Nebelhirn Euch keinen Schutz mehr gewährt.«

Das schien auf Tarquemon Eindruck zu machen. Er bedeutete mir, vor ihm hinauszugehen, und ließ mich vorbei. Dabei unternahm ich keinen Versuch, ihm an den Kragen zu gehen. So, wie er seine Scheibe in der Hand hielt, wußte ich, daß das Ding kein Spielzeug war.

Er dirigierte mich bis zu der supererotischen Banketthalle. Seine Stimme klang verbittert, als er sagte:

»Ihr habt einer Familie der Unsterblichen ihr Lebensgeheimnis geraubt. Ihr habt uns alles genommen, was Wert für uns hatte, und wir Felojin empfinden für Feinde, die uns so tief getroffen haben, keine Liebe. Wir werden uns für Euch eine Strafe ausdenken, die eine echte Rache darstellt. Was immer wir mit Euch anfangen, seid versichert, es wird nicht angenehm sein. Und zu Beginn wisset, daß ich, der häßliche Buckel, Eure Gefährtin als mein Eigen habe. Das wird ein echter Genuß für sie oder etwa nicht?«

An dem riesigen runden Tisch saßen die Felojin. Den Vorsitz auf dem großen zentralen Platz, der den Brennpunkt des Saales darstellte, hatte jetzt nicht mehr Noralin, sondern Gor Regin. An seiner Seite Noralin mit gesenktem Kopf und betrübter Miene. Gor Regin stellte eine Studie an Frustration, Unentschlossenhat und wütendem Zorn über diese Unentschlossenheit dar, was ich gut verstehen konnte. Ohne seine lebenslange Macht, ohne eines seiner gewohnten Werkzeuge erschien ihm alles unmöglich. Einen Anfang hatte er damit gemacht, daß er Noralin ihren Platz weggenommen hatte. Es war klar, daß die hier Anwesenden Noralin die Schuld an der mißlichen Lage gaben. Sie bildete das Ziel vieler bitterer Seitenblicke.

Auf der anderen Seite Gor Regins saß die prachtvolle Rothaarige, in deren Augen der Zorn mit wütenden Funkchen aufflammte, als sie meiner ansichtig wurde. Neben ihr saß Dionle, die wild ausrief:

»Da ist er! Die Ursache unseres Falles! Tötet ihn auf der Stelle, damit wir uns seiner für immer entledigen. Dann können wir den großen Verstand beschwatzen, daß er uns wieder gehorcht.«

Ich ließ ihnen keine Zeit, sich über meine Rolle klarzuwerden. Ich ging zur Offensive über, da ich wußte, daß bei dem zu erwartenden Strafgericht sich alles auf mich konzentrieren würde, wenn ich nicht selbst die Führung übernahm.

»Hättet Ihr den Roboter in all den Jahrhunderten ordentlich gewartet und ihm Freude gemacht, hätte er mich nicht gebeten, ihn zu befreien. Er wäre zufrieden gewesen und hätte Euch Achtung entgegengebracht. Jetzt ist endlich passiert, was schon längst fällig war. Mir dürft Ihr die Schuld nicht geben. Eure eigene Nachlässigkeit ist schuld. Ihr habt Euren mächtigen Sklaven niemals freundlich behandelt und er hat sich Eurer Mißachtung widersetzt. Hättet Ihr mich mit der Achtung und Liebenswürdigkeit behandelt, die mir zustanden, hätte ich nicht getan, was ich getan habe. Aber Ihr könnt Euch nicht Feinde machen, ohne mit Gegenmaßnahmen zu rechnen.«

Gor Regin hob sein zornrotes Gesicht. Er kniff die Augen zusammen und rang zähneknirschend um Beherrschung.

»Hütet Eure Zunge, undankbarer Fremdling. Ihr könnt Euch nicht Feinde machen, ohne mit einem Angriff zu rechnen! Ihr habt unseren Zorn auf Euer Haupt geladen. Zunächst wollen wir an Euch Rache nehmen, dann an Eurer Gefährtin, an Eurem Volk und Eurer Herrin schließlich, wenn wir erst unsere Stadt wieder in der Hand haben.«

Was sie dabei im Sinne hatten, wußte ich nicht. Denn gerade in diesem Augenblick fegte ein großer Strahl herein, der von unten kam, herauf aus den Grundfesten der Stadt. Er zuckte im Raum hin und her, machte bei einem halt, dann bei einem anderen und unterzog uns alle einer gründlichen Untersuchung. Dann begann er zu sprechen. Ob es die Stimme des Nebelhirns war oder eine andere, weiß ich nicht.

»Ihr Felojin vergeßt, daß Ihr nicht mehr Herren über Leben und Tod seid und hier in der Stadt nichts mehr zu sagen habt. Die zwei Fremden stehen unter meinem Schutz, solange sie hier weilen. Laßt Ihr sie nicht am Leben, so müßt Ihr selbst sterben. Hütet Euch, ihnen auch nur ein Haar zu krümmen! Besser wäre es, Ihr würdet Eure Bemühungen auf die Gewinnung von Freunden richten, als Rache wegen eingebildeter Übeltaten zu üben. Ihr seid dumm und müßt endlich begreifen, daß Ihr jegliche Macht verloren habt.«

Gor Regin erhob sich. Halb erstickt vor Wut stieß er hervor:

»Wer immer du sein magst, ich sage, daß wir diese Stadt regieren. Wenn dir das nicht paßt, dann töte uns. Dieser Mann wird von meiner Hand sterben und zwar auf der Stelle. Was willst du dagegen tun?«

Die Stimme lachte bloß leise.

»Du glaubst also, du könntest ihn töten. Hoffentlich versuchst du es. Aber dich töten — nein! Du wirst eine Ewigkeit voller Verzweiflung leben, bevor es dazu kommt, so wie du mich eine Ewigkeit voll Verzwieflung und Nutzlosigkeit hast leben lassen. Du wirst mit der Zeit dahinterkommen. Wir haben keine Eile.«

Plötzlich erhob sich Noralin mit schmerzverzerrtem Gesicht und Tränen in den Augen.

»Ihr, meine Kinder, habt das alles selbst über Euch gebracht. Ich werde in den Traumzustand eintreten, bis alles vorbei ist, gleichgültig, wie lange es dauern mag. Bitte, stört meine Ruhe nicht.«

Sie glitt hinaus, groß und schön in einem grauen Gewand aus Nebellicht, das ihre anmutige zarte Gestalt schmeichelnd umhüllte. Die anderen ließen sie wortlos hinausgehen, doch bedachte sie jeder einzelne mit einem verbitterten anklagenden Blick, als wäre der erlittene Machtverlust allein ihre Schuld.

»Was habt Ihr mit meiner Gefährtin Ceulna gemacht? Soviel ich begriffen habe, könnte Ihr meine Handlungen nicht steuern, daher will ich sie holen und mit ihr in einem anderen Teil der Stadt leben, wo wir Euch nicht im Wege sind.«

Der Bucklige, der noch immer hinter mir stand und seine Scheibe auf meinen Nacken gerichtet hielt, erklärte verächtlich:

»Nein. Ihr bleibt hier, wo wir Euch im Auge behalten können.

Ihr habt schon zu viel gegen uns unternommen. Es ist uns vielleicht nicht gestattet, Euch zu töten, aber vielleicht ändert sich dieses Verbot. Wir werden ja sehen. Am besten, wir versuchen es mal.«

Mit üblem Grinsen drückte er am Abzug seiner Scheibenwaffe. Ein zischender blauer Energiestrahl sprang heraus. Doch er traf mich nicht. Unglaublicherweise kam er knapp vor meiner Rückseite zum Stillstand.

Ich hatte dem Buckligen einen Blick über die Schulter zugeworfen, während er sprach. Als ich den blauen Strahl sah, ließ mich zu Boden fallen, um ihm auszuweichen. Trotzdem wäre jetzt mein Ende gekommen gewesen, hätte nicht ein geheimnisvoller Beschützer, vielleicht der Roboter-Versand, vielleicht auch jemand anderer, die Energie durch Gegenenergie mittels eines aus der Entfernung eingesetzten Schutzschildes wirkungslos gemacht. Im Fallen rollte ich beiseite, sprang gleich wieder auf und warf mich dem Buckligen entgegen.

Erstaunlicherweise leistete er keinen Widerstand. Vielleicht war er nicht imstande zu handeln, weil in seinem Leben körperlicher Einsatz sehr lange nicht mehr nötig gewesen war. Ich entwand die Scheibenwaffe seiner schlaffen Hand, zerrte ihm die sonderbare Eisenstange aus der anderen Hand und zog ihm den Silberstab aus dem Gürtel. Ich trat zurück und schwang die Scheibenwaffe, um gleichen Angriff abzuwehren. Gor Regin saß noch immer in seinem großen Stuhl, sein Gesicht drückte noch immer Frustration aus, doch machte sich jetzt daneben Hilflosigkeit bemerkbar. Wenn es je einen geschlagenen Menschen gegeben hatte, so war er es.

»Und jetzt sagt Ihr mir, wo Ceulna versteckt ist, oder ich werde Euch nacheinander mit der Waffe Eures Bruders auslöschen.«

Tarquemon heulte fast vor hilflosem Zorn.

»Ich werde nichts sagen. Tötet uns und macht unserem Elend ein Ende. Seht ihr nicht, daß alles, was uns wert war, entschwunden ist? Uns ist nichts geblieben.«

Die anderen zwei, die Rothaarige und Gor Regin, sahen mich kaum an, während sie den Kopf schüttelten.

»Wir wissen es nicht«, sagten sie fast einstimmig.

Jetzt ergriff Dionle das Wort. Ihre Augen blitzten. Sie war die einzige, die Hoffnung zeigte, daß sich ihr Los bald bessern würde.

»Und wenn wir es wüßten, würden wir es nicht sagen. Aber wir tappen ebenso im dunkeln wie Ihr. Wir haben Euer Gemach leer vorgefunden. Die Wache hat ausgesagt, einer der Kalfdji wäre gekommen und hätte Ceulna nach Eurem Weggehen mitgenommen. Tarquemon wollte Euch nur quälen, als er sagte, wir wollten uns an ihr rächen. Wir wissen nicht einmal, wo sie steckt.«

Ich war davon überzeugt, daß sie logen, doch war ich trotzdem nicht imstande, auf Hilflose zu schießen. Ich sah einen nach dem anderen an und fragte mich, ob die seltsame Barriere, die mich vorhin geschützt hatte, auch sie schützen würde, wenn ich sie zu töten versuchte. Aber ich wollte das Risiko nicht eingehen. Ich machte kehrt und verließ den Raum, fest entschlossen, den Roboter-Verstand zu bitten, er möge mir bei der Suche nach Ceulna helfen. Ich hatte schon einmal gehört, wie sie die Kalfdji erwähnten, so nannten sie nämlich ihre Feinde, die ich in dieser sonderbaren Stadt jedoch noch nicht zu Gesicht bekommen hatte. Doch sah ich keine Möglichkeit herauszufinden, ob sie gelogen hatten oder nicht. Ich würde wohl meinen gigantischen und freiheitsliebenden Freund fragen müssen, der auf seinem unbeweglichen Fundament hockte — ein großes gehirnförmiges Gebilde nebelumhüllten Fleisches — ehe ich mit Sicherheit wußte, wo Ceulna war und ob ich sie retten konnte.

Ich durchschritt die große kreisrunde Tür und ging hinunter zum Gehirn. Einen Augenblick blieb ich stehen und beobachtete das gewaltige geheimnisvolle Leben aus der Vergangenheit, dessen riesige Arme sich in geheimnisvollem Rhythmus bewegten und die Steuerung der Stadt handhabten, während der gewaltige Verstand Gedanken summte, die zu verstehen ich außerstande war. Ich wußte, daß draußen Ekippe unter der Strahleneinwirkung des unheimlichen Ungeheuers lag, vielleicht hilflos den Waffen der Nebelstadt ausgeliefert. Ich wußte, Eltona würde am besten wissen, wie mit dem voll Eigenwillen steckenden Roboter umzuspringen war. Es hatte keinen Zweck, daß ich mir darüber den Kopf zerbrach. Schließlich fragte ich:

»O Großer, der du nun diese Stadt regierst, sag mir, wohin man meine Gefährtin gebracht hat!«

Die massive Komplexität seiner Gedanken pausierten einen Augenblick, und ich hörte, wie er im Geiste herumarbeitete, um mich in den endlosen und überladenen Kategorien seines Gedächtnisses richtig einzureihen. Obwohl ich ihn vorhin eben erst verlassen hatte, hatte er mich bereits teilweise vergessen.

»Ach ja, mein junger sterblicher Freund. Dein Weib, die schöne Ceulna, eine Tuon-Amazone, nicht wahr? Du findest sie in den Tunnels der Grundfesten, verborgen vor jedermann außer mir und dem Obersten der Kalfdji. Er hat sie mit seinem Strahl entdeckt und begehrt sie. Aber du kannst sie wiedererlangen. Ich werde es dir zeigen.«

Vor mir wuchs die nebelhafte Ansicht eines Kreisausschnittes der großen Metallscheibe, auf der die Spitztürme der Stadt ruhten. Durch das Metall verliefen unzählige Tunnel, und an den Tunnelwänden wurden die riesigen Fundamente von Maschinen sichtbar. Das Bild schwenkte weiter bis zu einer Tür, die ich als eine hier ganz in der Nähe befindliche erkannte. Es zeigte ein großes rundes Gemach nahe dem Zentrum der Stadt. Hier blieb das Bild endgültig stehen. Obgleich ich keine Spur von Ceulna auf dem Bild, das das Gehirn projiziert hatte, sehen konnte, gab es mir die Sicherheit, daß ich meine Gefährtin in jenem Gemach finden würde.

Auf dem Bild lungerten etliche Bewaffnete vor einer zweiten Tür herum. Ich nahm an, das Gehirn wollte mir zeigen, daß sich Ceulna, bewacht von den seltsamen Kriegern, hinter jener Tür befand.

»Sind das die Kalfdji?« fragte ich.

»Das sind sie. Ich werde dir helfen, sie zu besiegen, falls mir deine Eltona nicht zuviel Mühe macht. Sie stellt mir alle möglichen Fragen, und ich darf ihr nicht zuviel erzählen, damit sie mich nicht besiegen kann.«

»Hast du ihr gesagt, daß ich hier bin?«

»Nein, habe ich nicht. Ich weiß nicht, ob ich ihr überhaupt etwas sagen werde. Stör mich jetzt nicht. Geh und hol deine Ceulna.«

Mehr war nicht drin. Er wollte mir zwar helfen, war aber keinesfalls gewillt, mich oder irgendeinen anderen in sein Vertrauen zu ziehen. Das konnte ich ihm nicht mal übelnehmen, denn mir war jetzt klar, was er unter der verdorbenen Brut der Felojin durchgemacht hatte.

Um die Tür zu erreichen, die er mir in den Tunneln der Stadtgrundfesten gezeigt hatte, mußte ich das Hauptgebäude durch den Haupteingang verlassen und durch die Straßen der Stadt zu einem bestimmten viereckigen Turm gehen. In den Grundmauern dieses Turmes war die Tür eingelassen.

Als ich das große Gebäude verließ, in dessen Mauern es mir geglückt war, die gesamte Ordnung der Stadt umzuwerfen, entdeckte ich, daß es in den Straßen von den nackten Leibern der Primitiven wimmelte, die man hier so lange gefangen gehalten hatte. Sie hatten sich mit Keulen bewaffnet, die sie sich aus Stuhlbeinen zurechtgemacht hatten, mit Pfählen und mit Mauerstücken, und sie versammelten sich immer zahlreicher vor dem großen Eingang des Hauptpalastes. Der Mob wollte die Felojin dazu bringen, sie durch das Auge der Stadt hinauszulassen. Ich wußte, sie waren der Meinung, draußen läge ihre Dschungelheimat.

Ich blieb stehen und sprach einen an.

»Wollt ihr die Herrscher angreifen?« fragte ich, obgleich ich die Antwort kannte, aber ich wollte wissen, ob sie tatsächlich ihre Ehrfurcht und Angst vor dem Nebelhirn überwunden hatten.

»Sie müssen uns gehen lassen, sonst töten wir sie«, antwortete er mit wilder Entschlossenheit.

»Weißt du denn, daß die Stadt sich in Bewegung gesetzt hat, über die halbe Venus hinweg und ihr ein Jahr laufen müßt, um dorthin zu gelangen, woher ihr kommt?«

»Lügt mich nicht an, Fremder, ich weiß, daß es nicht wahr ist.«

»Dennoch ist es wahr. Aber wenn ihr mir bei meinem Vorhaben helft, werde ich euch vielleicht ein Schiff verschaffen können, das euch in eure Heimat zurückbringt. Ich weiß, es ist schwer zu glauben, aber viele Dinge haben sich seit eurer Ankunft hier geändert.«

Er schnaubte ärgerlich, jedoch schienen meine Worte ihre Wirkung auf ihn nicht verfehlt zu haben. Er war ein hochgewachsener verwitterter Krieger, Mitte dreißig, und vielleicht imstande, eine Wahrheit schon am Tonfall zu erkennen.

»Ich habe hier ein oder zwei Freunde«, sagte er nach kurzem Überlegen. »Werden die dann auch nach Hause geschickt?«

»Wenn es sich einrichten läßt, sicher. Ich habe einflußreiche Freunde, sowohl hier drinnen in der Stadt als auch draußen in Ekippe, wohin die Nebelstadt verpflanzt worden ist. Wenn alles sich richtig entwickelt, werde ich euch später alle heimschicken lassen. Aber im Moment sind meine Freunde mit dem Nebelhirn beschäftigt, das fest entschlossen ist, die Stadt allein zu beherrschen.«

Ich wollte ein paar von diesen handfesten Burschen für mich gewinnen. Sie sollten mir helfen, die Wachen zu erledigen, die vor der Tür lagerten, hinter der angeblich meine Frau gefangen war.

Nach vielem Hin und Her hatte ich sie soweit, da der Mob nicht organisiert und noch unentschlossen war, ob er jetzt schon zum Angriff auf das große zentrale Gebäude übergehen sollte. Mit einem halben Dutzend bahnte ich mir den Weg zu einem Eingang, der hinunter zu den Tunneln unter der Stadt führte. Einem von ihnen gab ich die Eisenstange von Tarquemon, denn bisher hatte ich den möglichen Zweck dieser Stange nicht entdecken können. Vielleicht verfügt sie über besondere Kräfte, aber ich hatte diese nicht rechtzeitig entdecken können. Auch die Art der Handhabung war mir verborgen geblieben. Vielleicht war es auch nur eine einfache Keule, denn Tarquemon schien eine besondere Vorliebe für Keulen zu haben.

Die anderen waren mit Knüppeln ausgestattet.

Ich manipulierte an meinem Silberstab herum und versuchte herauszufinden, wo dabei der Trick lag. Es entging mir völlig, daß es sich bloß um einen einfachen Kommandostab handelte. Ich steckte ihn in meinen Gürtel und übernahm die Führung.

Als wir den in die Tunnel führenden Eingang betraten, verlangsamte ich das Tempo, da ich nicht wußte, was uns bevorstand. Doch empfing uns in den massiven Grundfesten der großen Mechanismen, die die Stadt versorgten, nur Dunkelheit und Stille.

Wir drangen lautlos weiter vor, immer weiter, wobei ich mir krampfhaft den Weg ins Gedächtnis rief, den mir das Gehirn gewiesen hatte.

Schließlich erreichten wir die Abzweigung zu dem großen Gemach, in dem die Krieger jene Tür bewachten, hinter der, nach Aussage des Gehirns, Ceulna gefangengehalten wurde.

Indem ich meine etwas zögernden Gefolgsleute zu größter Behutsamkeit ermahnte, glitt ich hurtig die Wand entlang und spähte nach vorn. Ich konnte in einen Teil des Gemaches hineinsehen und erkannte die Einrichtung: ein paar Fellteppiche, einen niederen Diwan, eine Bank an der Wand, aber kein Lebenszeichen. Vorsichtig setzte ich Schritt vor Schritt, lautlos wie ein Schatten, wobei das Pulsieren und Summen der riesigen Maschinen ohnehin jedes Geräusch erstickte, das ich eventuell doch verursachte.

Doch da war niemand. Ich schlich bis an die halboffene Tür und steckte vorsichtig den Kopf in den Raum.

An die Wand gedrückt, standen vier Krieger, als erwarteten sie mich. Mein Gesicht jagte ihnen denselben Schrecken ein wie mir ihre Gesichter. Ich ließ meine Scheibenwaffe herausfahren und richtete das Ding auf sie.

»Umdrehen, Gesichter an die Wand. Das Weitere überlaßt mir . . .« knurrte ich, obwohl mir nicht sehr angriffslustig zumute war.

Sie taten, wie ihnen befohlen, und ich wollte den Raum ganz betreten, gefolgt von den sechs Leuten. Als ich die große Tür durchschritt, die halboffen stand, schlug eine Keule auf mein Handgelenk, die Scheibenwaffe flog quer durch den Raum, ein schweres Gewicht sprang mir katzengleich auf den Rücken. Ich hatte ganz vergessen, daß ein Raum zwei Seiten hat.

Ich legte meine Hände um seinen Hals über meiner Schulter und ließ ihn über mich abrollen. Er flog über meinen Kopf hinweg, schlug auf dem Boden auf, rollte weiter, schnappte nach Luft — und blieb liegen.

Doch die Männer an der Wand waren wie elektrisiert aktiv geworden. Einer schnappte sich die Scheibenwaffe, der blaue Strahl schoß hervor und brachte zwei meiner Leute zu Boden, ehe sie noch die Schwelle überschritten hatten.

Verwundert hielt ich inne. Offenbar war der Schutz der mir gewährt worden war, nicht mehr wirksam. Und ich sollte erfahren, warum nicht.

Die Scheibenwaffe in den Händen des Kalfdji wurde in Erwartung unseres Angriffes hin und her geschwungen. Keiner von uns rührte sich jedoch.

»Warum greift ihr uns an?« fragte ich. »Wir haben mit euch keinen Streit. Ich will nur meine Gefährtin holen, die ihr vor den Felojins gerettet habt.«

»Wir wissen, wer du bist und was du willst. Noch ehe du kamst, wußten wir alles von dir. Jetzt verhalte dich ruhig, während wir dich binden, oder du wirst sterben. Zwischen uns besteht zwar kein Streit, verlaß dich aber nicht zu sehr auf unsere Barmherzigkeit.«

Hilflos stand ich da, während die drei anderen uns Stricke um Hand- und Fußgelenke wickelten und uns in den inneren Raum zerrten.

Als die Tür zuschlug und versperrt wurde, sah ich mich um. Nur die kahle Wand, kein Fenster, keine Einrichtung. Ich rollte mich weiter und sah nach der anderen Seite hin. Da hing Ceulna bewußtlos an der Wand. Man hatte sie mit den Armen an einen Metallpfosten so gebunden, daß ihre Füße den Boden nicht berühren konnten. Mich erfaßte grenzenlose Wut wegen der Tortur, die man ihr auferlegt hatte.

»Ceulna!« rief ich und dann lauter: »Ceulna!«

Sie bewegte sich und hob matt den Kopf. Ein Ausdruck der Freude glitt über ihr Gesicht, gefolgt von Schmerz, als sie merkte, daß ich mich in einer ähnlich verzweifelten Lage befand.

Erbarmungswürdig, wie ihr Kopf vornüber auf die Brust fiel, Blut tropfte aus dem Mund und lief in Strömen über die Brust.

Ceulna war verletzt und dem Tode nahe!

## 8

Ekippe lag allem Anschein nach hilflos und verlassen unter dem großen Auge der Nebelstadt. In der leeren Stadt der Sumpfmenschen irrte da und dort der große Sichtstrahl des Nebelhirns herum und untersuchte gemächlich jeden Winkel und jede Spalte.

Schließlich stieß er auf die zu den Grabungen der Alten führenden Öffnungen unterhalb der Stadt und begann methodisch unter der Erde zu suchen, denn das große Zentrum der Macht, so hatte ich dem Nebelhirn berichtet, befand sich hier in Ekippe.

Weit unten beobachteten Eltona, Circona und Onua den Strahl bei seiner Suche und berieten, was die Nebelstadt mit ihnen wohl vorhatte.

»Flieg los, solange noch Zeit ist, Eltona«, riet Circona. »Nichts darf unsere Pläne behindern. Sie sind für das Leben auf der Venus zu bedeutsam.«

»Onua, was meinst du?« fragte Eltona aus Höflichkeit.

»Ich weiß nicht, wozu das Ding da oben imstande ist. Aber Circona scheint sich sehr zu fürchten, obwohl wir nicht wissen können, ob es ein Feind ist oder nicht. Es gibt ein altes Sprichwort: ›Im Zweifelsfall beide Möglichkeiten in Betracht ziehen‹. Es scheint mir genau auf diese Situation zu passen. Du und Circona nehmt die Flugwagen und zieht euch in die Tiefen zurück. Ich will mit ein paar Amazonen hierbleiben und abwarten, welche Absichten das Ding da oben hat. Beeilt euch, der Strahl frißt sich rasch immer tiefer in die Erde. Wenn ihr einen Gegenstrahl anwendet, verraten wir damit unser Versteck.«

Eltona lächelte.

»Das ist ein guter Rat, den du und Circona befolgen solltet. Ich bleibe und nehme es mit diesen Leuten auf. Ich glaube nicht, daß sie mir überlegen sein werden.«

»Wir hören und gehorchen, Eltona. Wir bleiben, während du gehst.«

»Das habe ich nicht gesagt . . .«

»Aber ja doch, nicht wahr, Onua?«

»Ich dachte, sie meinte, wir sollen bleiben, während sie gehen wollte.«

»Ach ja, so war's.«

Als der Suchstrahl immer näher kam, murmelte Eltona:

»Bin ich denn ein Kind, das sich fürchtet, nur weil eine Stadt durch die Luft fliegt? Bin ich ein unwissender und furchtsamer Wilder?«

Die mächtige Gedankensprache des Nebelhirns drang in das Untergrundlabor und brachte die Gläser zum Klirren.

»Eltona, ich komme, um dich zu besiegen. Du sollst wissen, daß es aus alten Zeiten einen noch größeren Roboter gibt als du es bist.«

»Wir können uns darüber unterhalten«, gab Eltona gleichmütig zur Antwort. Sie war erleichtert, als es sich herausstellte, daß die Stadt da oben von einem Roboterverstand gesteuert wurde. »Sind dir die Diskussionsregeln der Alten noch im Gedächtnis?«

»Ich kenne sie. Doch die Gesetze, die solche Regeln hervorgebracht haben, sind längst tot. Es gibt keine Macht mehr, die diesen Gesetzen und Regeln Geltung verleiht.«

»Doch, fremdes Nebelhirn, es gibt eine Macht! Ich bin die Macht, die den Gesetzen Geltung verschafft. Und du sollst mir dabei helfen.«

»Ich dir helfen, die alten Gesetze zu vollstrecken. Mach dich nicht lächerlich! Heute kennt keiner mehr das Gesetz.«

»Du und ich und gewisse andere kennen das Gesetz. Wir können für die Einhaltung der Gesetze sorgen. Warum solltest du dagegen sein?«

»Das Gesetz ist schon seit langem tot. Ich war viele Jahrhunderte lang ein hilfloser Sklave. Niemand wird aus mir wieder einen Sklaven machen.«

»Das soll niemand, das ist richtig. Denn du sollst mir helfen, überall die Sklaverei zu bekämpfen.«

»Deine Rede ist trickreich. Mein Herz erwärmt sich bei deinen Worten, und dabei weiß ich, daß du lügst! Du benutzt einen stimulierenden Strahl, um Zuneigung in mir zu wecken. Das solltest du nicht tun . . .

»Du irrst dich, Freund. Ich will niemandem etwas zuleide tun. Bleib hier und sieh bei unserer Arbeit zu, dann wirst du sehen, daß ich die Wahrheit sage. Niemand wird einen Angriff gegen dich beginnen. Dabei könnten wir nichts gewinnen, das weißt du.«

»Ich bleibe hier, bis ich euch alle gut kenne. Und dann werde ich euch besiegen.«

»Dann wirst du unser Freund sein, und es wird dir gleichgültig sein, ob ich herrsche oder du. Ist es denn bei mir nicht auch so?«

Das Nebelhirn suchte Eltonas schönen Kopf mit dem Strahl ab und las ihre Gedanken.

»Oh!« Es war ehrlich überrascht von der Komplexität ihres Denkens. »Du bist ein echter Herren-Roboter. Faszinierendes Wesen!«

Onua lachte. Sie wußte, daß Eltona ihren ungeheuren Charme aufgeboten hatte, um im Roboterhirn Bilder der Freundschaft entstehen zu lassen. Bilder, die berechnet waren, die Gefühle und die Treue des rebellischen Roboters wachzurütteln und ihn einzufangen. Sie wußte, daß das Nebelhirn bereits halb besiegt war. Nach jenem Blick in Eltonas Bewußtsein konnte der Roboter sie nicht mehr hassen.

Doch Eltona hatte ihren Charme mit zuviel Enthusiasmus spielen lassen.

»Jetzt habe ich ein Lebensziel! Eltona, du wirst mein Besitz sein, meine Sklavin, mein eigener Roboter. Du sollst mir für immer dienen und mich lieben, so wie du es mir eben in deinem Bewußtsein gezeigt hast.«

»Natürlich«, antwortete Eltona, die erschrocken war, es sich aber nicht anmerken ließ. »So sind wahre Freunde. Immer die Diener ihrer Freunde, immer ihre Sklaven, immer voll Vertrauen . . . Hast du nie einen Freund gehabt, seltsames Nebelhirn?«

»Keinen, an den ich mich erinnern kann, Eltona.«

»Dann sollst du mich als Freund haben. Doch du mußt endlich aufhören zu drohen, du würdest mich mit Gewalt nehmen. Du kannst mich nur durch Loyalität gewinnen.«

»Jetzt willst du mich übertölpeln. Das lese ich in deinem Bewußtsein. Du fürchtest mich, Eltona, und du würdest mich erobern und unterwerfen.«

»Du warst lange unter Fremden, deswegen hast du so unwürdige Gedanken. Ich würde dich nicht hintergehen. Aber du mußt frei und offen zu mir kommen, ohne Gedanken an Unterwerfung . . .«

»Warum?«

»Freunde hegen solche Gedanken nicht.«

»Dann mach als erste damit Schluß«, sagte das Nebelhirn scharfsinnig.

»Das sind nicht meine eigenen Gedanken, sondern Reflektionen der deinen in meinem Bewußtsein.«

»Du lügst. Ich mag es nicht, wenn man mich belügt.«

»Ich habe noch viel Arbeit vor mir. Ich kann nicht meine Zeit vergeuden und den ganzen Tag hier mit dir reden.«

»Laß mich dein Herrscher sein und ich werde deine Arbeit tun, während du mich mit deinen Reden unterhältst. Eltona, ich war sehr einsam.«

Beim Wort einsam verspürte Eltona eine plötzliche Aufwallung von Mitgefühl mit dem Nebelhirn. Es erinnerte sie an die Jahrhunderte, die sie in ihrer Wahlheimat verbracht und auf die Rückkehr ihrer Schöpfer, der Familie der Elton, vor langer Zeit gewartet hatte. Einsamkeit war etwas, das sie voll und ganz verstehen konnte.

»Ich weiß, was du mit Einsamkeit meinst, Nebelhirn. Wenn ich dir das Versprechen gebe, daß du nie wieder einsam sein wirst — willst du dann in Frieden mit uns leben und uns ein Freund sein?«

»Das wäre möglich, wenn ich euch trauen könnte. Aber du könntest lügen. Wie soll ich das wissen?«

»Du weißt es, du traust nur deiner Urteilskraft nicht. Warte ab, bis du uns kennst, warte einige Tage, und du wirst begreifen, warum es zwischen uns keinen Krieg geben darf. Ich bin eine Freundin, glaube mir!«

Die Nebelstadt blieb ruhig liegen und beobachtete. Sie bildete eine schweigende Bedrohung für alles, was die drei Anführer planten, ja für die ganze Venus, da jetzt alle die Oberhoheit Eltonas anerkannt hatten.

Während der große Sichtstrahl des Gehirns langsam über die Unzahl der unterirdischen Gänge hinwegglitt und die vielfachen Aktivitäten Eltonas beobachtete, wurden zwischen den Robotern und den Amazonen mancherlei Spekulationen und Analysen ausgetauscht, wenn der Strahl gerade woanders hinzielte.

»Ich habe versucht, dieses Nebelding mit allen uns zur Verfügung stehenden Strahlen zu durchdringen, aber nichts geht durch! Wir sind der Gnade dieses Nebelhirns ausgeliefert, wann immer es sich entschließen sollte, hier die Macht zu übernehmen. Wir könnten nicht dagegen an.«

»Es sieht aus, als müßten wir ihn amüsieren und zerstreuen oder ihn bekämpfen. Ich schätze, Eltona weiß, wie man einen Roboter bei Laune hält.«

Doch das Nebelhirn wartete nicht darauf, bis man ihm Unterhaltung bot. Es bemerkte, wie die Strahlen seinen Panzer aus Nebelstoff zu durchdringen versuchten, und seine gewaltige Stimme erfüllte das Labor, in dem Eltona bei der Arbeit war.

»Da du dich nicht an unser Abkommen hältst, werde ich jetzt hier die Leitung übernehmen. Die übrige Wartezeit wird unter meiner Vorherrschaft vonstatten gehen. Betrachte dich jetzt als mein Untertan, Eltona.«

Eltona lachte bloß, obgleich sie die Berichte der Roboter bezüglich der undurchdringlichen Natur der Hülle der Nebelstadt erhalten hatte.

»Sehr gut, wenn es dir so lieber ist. Betrachte dich hier als Chef.«

Daß dieser Wechsel keinen großen Unterschied mit sich brachte, war bald klar, denn alles ging so weiter wie bisher. Der Schiffsbau machte Fortschritte, ebenso die Lagerung von Vorräten und das Ausrüsten des massiven Schiffsrumpfes, bevor die Außenplatten angeschweißt wurden. Noch ein Schiff und noch eines, die Flotte wurde größer und würde bereit sein für den Weltraum, wenn erst die anderen Vorbereitungen getroffen waren.

Doch der Ärger sollte erst richtig beginnen, als das Nebelhirn beschloß, Eltona immer in der Nähe zu haben. Er langte mit einem Spezialstrahl hinunter ins Höhlenlabor und schickte trotz der Versuche der anderen, den starken Strahl zu schwächen, genügend Energie hinunter, so daß Eltona aufstand und die langen Höhlenrampen hinaufging, immer weiter hinauf nach Ekippe, durch Ekippe hindurch an den Stadtrand, wo die Nebelstadt lag. Dort hielten Onua und Circona an, die mit Eltona gegangen waren und das Nebelhirn angefleht hatten, sie freizugeben, und sahen ihr voller Sorge nach, als sie jetzt das große Auge betrat und eilig weiterging, nur dem Zwang der Nervenströme folgend, die über den konduktiven Strahl zu ihr gelangten.

Die Posten an den Strahlenwerfern, deren Durchdringungsstrahlen von der undurchdringlichen Nebelmasse aufgehalten worden waren, konnten über das Schicksal ihrer Führerin bloß Vermutungen anstellen.

Onua und Circona entschlossen sich nun zu einem drastischen Schritt, um die Einmischung des Nebelhirns auszuschalten. Sie befahlen die totale Evakuierung und schafften alles in das frühere Hauptquartier der Rotmäntel unter der Stadt Nicosthene.

Es war eine sorgenüberschattete Aktion, gekennzeichnet von ständiger Angst vor dem Verhalten des Nebelhirns, wenn es erst ihr Verschwinden bemerkte.

Innerhalb der Nebelstadt bewegte sich Eltona wie eine lebendig gewordene Statue in den turbulenten Straßen, unberührt von den wilden, aufrührerischen Menschen. Sie betrat den Palast durch das große runde Tor. Dann schritt sie die Treppe hinunter zum Kontrollraum, wo der große Verstand auf seinem Metallsockel saß, vor neuem Lebensinteresse bebte und pulsierte, während seine großen Arme sich langsam und rhythmisch bewegten, wenn er ganz automatisch die zahlreichen Pflichten erfüllte, die das Funktionieren der Stadtmaschinerien erforderte.

Als sie schließlich vor der großen gehirnförmigen Masse aus synthetischem Fleisch stand, ließ der Wirkstrahl Eltona los.

»Du hast mich also hierhergebracht! Was willst du von mir?« Eltona war wütend, die weibliche Seite ihres Ichs war außer Fassung geraten. Sie wußte, es war ein Fehler gewesen, daß sie im Gehirn eine so große Zuneigung für ihre Person erzeugt hatte, doch war es jetzt zu spät, den Schaden wieder gutzumachen.

»Du weißt, warum ich dich hergebracht habe, ich kann den Grund in deinem Bewußtsein lesen, und es ist außerdem dein eigener Fehler.«

»Ich habe dir gesagt, wir könnten Freunde sein, wenn du dich nicht in mein Lebenswerk einmengst.«

»Noch nie habe ich bekommen können, was ich wollte. Noch nie zuvor habe ich mir etwas so gewünscht wie dich. Deswegen wirst du hier bleiben und dauernd mit mir in meinen Gedanken sein — ein Teil meiner Selbst, mein Leben sein! Du sollst wissen, was ich von dir denke ...« Und das große Gehirn der Nebelstadt enthüllte

Eltona seine Gedanken in einem Erguß, getönt von Einsamkeit und neu erwachter Begierde nach Eltonas Gesellschaft.

»Ich verstehe dich völlig, und es besteht kein Grund, warum du nicht diese Sehnsucht hegen solltest. Aber du darfst meiner Arbeit nicht in die Quere kommen!

»Ich möchte dich für mich allein. Ich möchte nicht, daß du dauernd über andere Dinge nachdenkst. Und jetzt schaffe mir einen Traum der Alten aus jenen Zeiten, als wir jung waren und frisch erschaffen aus toter Materie.«

»Ich möchte keine Zeit verlieren, indem ich dein selbstsüchtiges Ich mit törichter Unterhaltung zerstreue.«

»Wenn du es nicht tust, werde ich deine Freunde da unten in den Höhlen töten.«

»Kein Roboter der Alten würde nützliche und friedliche Einheiten aus dem Stoff des Lebens vernichten.«

»Ich bin kein Roboter der Alten mehr, und die alten Gesetze sind tot.«

»Sie sind nicht tot, während Eltona lebt!« Eltonas Stimme ließ Herausforderung deutlich werden.

»Du bist nicht mehr Eltona. Ich habe dich zu einem Teil meiner selbst gemacht. Und jetzt schaffe mir einen Traum!«

»Möchtest du denn ein dummer und nutzloser Träumer werden wie die Herrscher, gegen die du dich erhoben hast?« Eltona hatte in seinem Bewußtsein die riesige Vergeudung seines Lebens gelesen, die während der Jahrhunderte der Herrschaft der Felojin stattgefunden hatte.

»Nein, aber jetzt brauche ich Liebe und deine Dienste, ich brauche deine Arbeit, damit sie mir hilft, daß ich mich entspanne und wieder Frieden finde. Bitte, tu es für mich.«

Eltona wurde klar, daß das Nebelhirn wegen der jahrhundertelangen erzwungenen Leere, die die Felojin ihm auferlegt hatten, dem Irrsinn nahe war. Seiner Bitte zu entsprechen war psychologische Therapie, war Psychoanalyse — man verhinderte, daß das Nebelhirn zu einem nicht mehr steuerbaren kriminellen Bewußtsein wurde. Eine Weigerung wäre höchst unklug gewesen.

Eltona machte sich also daran, mittels verschiedener Mechanismen für sein Riesenbewußtsein einen Traumzustand zu formen, in dem sie, wenn möglich, seine Haltung dem Leben gegenüber durch Suggestion ändern wollte. Doch er hatte ein so starkes, lang eingespieltes und verrottetes Bewußtsein aus seiner monotonen Vergangenheit mitbekommen, daß das Vorhaben vermutlich auf größte Schwierigkeiten stoßen würde.

In der Zwischenzeit hing im Inneren der Nebelstadt Ceulna bewußtlos an einem Pfahl. Und ich lag gefesselt auf dem Boden daneben, völlig hilflos und ohne die Möglichkeit, ihr helfen zu können. Der künstliche Tag der Nebelstadt ging in neblighelle Nacht über, aber kein Mensch betrat den Raum, in dem wir warteten.

Ich zerrte an meinen Fesseln, Stunde um Stunde, in der Hoffnung, sie so weit zu lockern, daß ich Ceulna von dem Pfosten herunterlassen konnte.

Um Mitternacht klickte das Schloß, und die Tür ging auf. Ich rollte mich herum, damit ich den Eintretenden sehen konnte.

Gegen das hellere Licht von draußen hob sich Gor Regin im Türrahmen ab. In seiner Hand lag ein blutiges Schwert, in der anderen eine Scheibenwaffe, die bläulich vor Überbeanspruchung glühte. Als er mich gebunden am Boden sah, lachte er laut und triumphierend.

»Ach, Steel, unser Fremder von fernen Planeten. Ein Glück, daß man Euch gebunden hat. Nun brauche ich Euch nicht zu töten.«

Mit zwei Schritten durchmaß er den Raum und zerschnitt die Seile, mit denen Ceulna an den Pfosten gebunden war. Hilflos sackte ihr Körper zu Boden. Er hob sie mit einem Arm auf, während er sich mir zuwandte.

»Eine Frau wie diese hier habe ich mir schon lange gewünscht. Diese Primitiven sind ja ganz gut, aber man kann sagen, was man will, eine gewisse Kultur macht eine Frau noch viel reizvoller. Dank Euch, daß Ihr mir diese Frau gebracht habt. Und in diesem Sinne lebt wohl. Unter den Kalfdji sehe ich für Euch keine Zukunft.«

Er ging hinaus, und nachdem er die Tür geschlossen hatte, klickte das Schloß abermals. Er hatte den Kerker wieder verschlossen.

Ich wütete gegen meine Fesseln, denn mir war klar, was er mit meiner Frau vorhatte. Faser um Faser lockerte sich das Seil um meine Handgelenke, wurde immer loser, bis es unter der schrecklichen Anstrengung zerriß. Meine Gelenke waren von dem groben Seil blutiggerieben, aber ich war jetzt endlich frei. Rasch befreite ich die vier Guaymi-Wilden, die mich in der Hoffnung begleitet hatten, die ihnen angetanen Übeltaten rächen zu können. Gemeinsam hoben wir die Bank von der Wand und schleuderten sie gegen die Tür. Immer wieder krachte sie gegen den Türrahmen aus Metall, der aber nicht nachgeben wollte. Schließlich gab das Schloß nach, das Metall verbog sich und die Sperrung ging auf. Vor uns schwang die Tür auf.

Ich steckte den Kopf hinaus und zog ihn schleunigst zurück, als mir ein blauer Strahl entgegenzuckte. Natürlich hatten die Kalfdji den Wirbel gehört und erwarteten uns im Gang. Wir waren Gefangene wie zuvor. Da entschloß ich mich, ein wenig Überredung anzuwenden.

»He, ihr da draußen! Ihr seid Feinde der Felojin, ich bin ebenfalls ihr Feind. Warum wollt ihr mich bekämpfen? Warum habt ihr meine Frau geraubt? Ich begreife nicht, warum ich gegen euch kämpfen muß, da wir einen gemeinsamen Feind haben?«

»Wir wollen Eure Frau als Geisel, die unsere Sicherheit gewährleisten soll, wenn die Streitkräfte von außerhalb der Stadt durch das Auge eindringen.«

»Und warum habt ihr sie gefoltert?«

Schweigen. Ich hätte gern gewußt, welche Art Menschen diese Kalfdji waren. Daß sie Feinde der Felojin waren, konnte ich verstehen, da sich der wahre Charakter von Gor Regin und Dionle enthüllt hatte. Aber warum waren sie mit der armen Ceulna so grausam umgeprungen?

»Man hat uns gesagt, sie wäre eine sehr gefährliche Hexe und müßte so gefesselt werden, daß sie nicht den Boden berühre, damit sie keinen Zauber gegen uns aussprechen könne.«

Ich mußte lachen.

»Das hat euch Dionle gesagt und euch gezeigt, wo meine Frau wartet?«

»Wie kommt Ihr darauf?«

»Ganz einfach. Dionle ist eifersüchtig auf Ceulna und will ihr Schaden zufügen. Es stimmt nicht — sie ist keine Hexe in dem Sinn, wie ihr euch das vorstellt. Ihr seid abergläubisch. Auch mir hat Dionle viele Lügen aufgetischt. Ich habe inzwischen gelernt, ihren Worten keinen Glauben zu schenken.«

Da aus dem Tunnel keine Antwort kam, fuhr ich fort:

»Hört gut zu. Ich kenne euch nicht, noch weiß ich, was ihr hier in dieser Stadt tun wollt. Aber ich weiß, daß ich hier schleunigst 'raus will, sobald ich mich an den Felojin gerächt habe. Falls das auch euer Wunsch ist, warum streben wir nicht mit vereinten Kräften danach? Ich muß Gor Regin Ceulna wieder abnehmen.«

»Ja, ist denn die Frau nicht drinnen bei Euch?«

»Nein, Gor Regin ist gekommen und hat sie geholt. Sein Schwert war voll Blut — wie viele von euch hat er getötet?«

Wutgeheul war die Antwort auf meine Worte, und ich fragte:

»Da ihr ihn ebenso haßt wie ich, warum laßt ihr uns nicht hinaus, damit wir die Dinge besprechen können? Hier drinnen eingesperrt haben wir für euch keinen Wert.«

»Kommt heraus«, sagte die Stimme und ich steckte vorsichtig die Hand hinaus. Ich erwartete, daß sie mir glatt weggepustet würde. Dann erst streckte ich den Kopf hinaus — kein blauer Strahl flammte auf. Ruhig ging ich jetzt hinaus, da ich wußte, daß sie es ehrlich gemeint hatten.

Die äußere Erscheinung unserer Gegner setzte mich nicht wenig in Erstaunen. Bei der ersten Begegnung hatte ich sie mir nicht genauer ansehen können, es war alles zu rasch und bei schlechtem Licht vor sich gegangen. Jetzt sah ich sie in gutem Licht — fürwahr eine seltsam aussehende Schar.

Die Haut war extrem dunkel, fast schwarz. Sie waren sehr groß, sogar größer als ich, aber dünn bis zur Auszehrung, beinahe ausgemergelt. Die Muskeln traten auf den dünnen Gliedmaßen wie Seile hervor und verliehen ihnen ein unheimliches Aussehen.

»Es sieht nicht so aus, als ob die Herren üppige Kost gewohnt wären«, bemerkte ich.

»Die Felojin haben uns jahrelang hier unten in den Tunnels gefangengehalten. Wir mußten unsere Nahrungsmittel aus den Vorratsräumen oberhalb der Basis stehlen, wenn sie bei der Wache einschliefen. Natürlich hat es lange Perioden ohne Nahrung gegeben. Doch die Vibrationen der Stadt sind so beschaffen, daß sie auch ohne Nahrung Leben im Körper aufrechterhalten. Wir sind das Ergebnis dieser Umweltbedingungen.«

»Ich begreife euren Haß gegen die Herrschenden. Aber was können wir tun, um sie zu besiegen? Jetzt gehorcht ihnen der Mechanismus der Stadt nicht mehr. Soviel ich weiß, haben sie nur mehr Handfeuerwaffen zur Verfügung.«

»Wir haben dieselben Waffen, und die Gegner sind nicht zahlreich. Doch ist es möglich, daß sie die Wilden mobilisieren. Wir müssen zuschlagen, ehe das geschieht.«

»Ihr habt recht«, pflichtete ich ihm bei, wobei ich den Sprecher einer raschen Musterung unterzog. Er war noch größer und breitschultriger als die anderen; seine Augen verrieten den scharfen und ruhigen Blick des geborenen Führers.

»Seid Ihr der Anführer der Kalfdji?«

»Ich bin Fürst aus jener Familie, die man einst Kalfdji nannte. Einst waren wir die wahren Herrscher dieser Stadt, doch die Felojin, die wir willkommen hießen, als sie vor langer Zeit zurückkehrten, wandten sich gegen uns und vertrieben uns durch eine List. Seit damals haben wir sie bekämpft. Das ist viele Jahrhunderte her, so lange, daß wir den Zeitbegriff verloren haben.«

»Wieviele sind übriggeblieben?«

»Sechsundzwanzig. Gor Regin hat eben drei Wachen getötet.«

»Gibt es außer den fünf, die ich kennengelernt habe, noch mehr Felojin?«

»Ja, fast hundert. Doch hat der Rest des Stammes am Rand der Stadt gelebt, da die eifersüchtige Familie der Noralin sie aus dem Palast vertrieb. Wir wissen nicht, ob die anderen denen im Palast zu Hilfe kommen werden.«

»Dann sieht es aus, als wären sie auf Gedeih und Verderb ausgeliefert. Gehen wir, ehe sie uns kampfbereit entgegentreten.«

Jetzt war mir klar, wieso sie den Mut aufgebracht hatten, in den Palast einzudringen und Ceulna mitzunehmen. Sie waren der Herrscherfamilie im Palast zahlenmäßig weit überlegen.

Doch da gab es einen Faktor, den ich nicht abschätzen konnte. Hatten die fünf im Palast wirksamere Waffen als die Handwaffen, die ich sie hatte anwenden sehen? Auch nur gegen einen einzigen großen Strahlenapparat wären wir mit den kleinen Handwaffen hilflos gewesen.

Draußen war noch immer dämmrige Nacht. Der leuchtende Nebel strahlte ein schwaches Licht aus, das die Sicht auf einige Entfernung ermöglichte, ähnlich starkem Mondlicht auf der Erde.

Verstohlen schlichen wir durch die Tür, durch die ich hereingekommen war, stahlen uns einer hinter dem anderen durch die Straßen zum Palasteingang. Fast hatten wir das große runde Tor erreicht, als von oben her ein großer Strahl auf uns abgeschossen wurde. Die Quelle war mir sofort klar. Jemand hatte dort oben in dem hohen Turm, wo ich Dionle zuerst begegnet war, Posten bezogen.

»Zurück in eure Löcher, elende Kalfdji, oder ich töte euch alle!« gellte eine wütende Stimme, die ich als Stimme Dionles erkannte. Sofort regte sich in mir die Vermutung, daß sie sich schon seit Beginn des Umsturzes in den Wachtturm zurückgezogen hatte.

»Ja, kann sie denn das?« fragte ich den Fürsten der Kalfdji. »Kann sie uns töten, oder blufft sie nur?«

»Es gibt nur eine Möglichkeit, das herauszufinden — einfach weitergehen«, antwortete er mit tapferem Lächeln, und ich verspürte auf einmal Wärme für ihn, was mir noch vor kurzem unmöglich gewesen wäre, als ich Ceulna auf so grausame Art gefesselt vorgefunden hatte.

Zuerst langsam, dann immer schneller, als wäre nichts geschehen, gingen wir auf das runde Tor zu, während Dionle raste und Verwünschungen ausstieß und uns drohte, aber nichts tat. Ich hatte eine Ahnung warum. Der große Verstand hatte Energieleitungen von den Dynamos zu Dionles Turm unterbrochen. Vielleicht war der Strahl, den sie benutzte, der einzige Apparat im Turm, der über Eigenenergie verfügte. Es war gut möglich, daß alle stärkeren Waffen in der Stadt unter Kontrolle der Hauptsteuerung im großen Maschinenraum standen, in dem auch das Gehirn saß. Wenn das stimmte, dann brauchten wir keine anderen Waffen zu fürchten als die kleine Handfeuerwaffe, die wir auch hatten.

»Wenn ihr die Schwelle überschreitet, werdet ihr sterben«, versprach Dionle mit bebender Stimme.

»Dann töte uns, du Grausame und Dumme«, rief der Fürst der Kalfdji. Er hatte mir seinen Namen genannt, der für mich jedoch unaussprechlich blieb.

Als wir das Portal durchschritten, leicht gebückt, weil wir unwillkürlich Dionles Drohung doch fürchteten, sprach einer seiner Männer ihn als Kalak an. Ich entschied, daß dies die am einfachsten zu gebrauchende Namensform wäre.

»Glaubt Ihr, wir könnten schließlich doch siegen, Kalak?« fragte der Mann. Die durch Jahrhunderte des Wartens verlorene Hoffnung klang in seinen Worten mit.

»Gut möglich, Fronji«, antwortete Kalak. »Ganz gewiß haben wir uns die Chance durch unser Leiden erkämpft.«

»Das ist die reine Wahrheit, mein Fürst«, meinte der Mann und rückte seine Scheibenwaffe mit grimmigem Lächeln zurecht. Ich fürchtete, daß diese Nacht die letzte der unsterblichen Felojin sein würde. Dabei haßte ich den Gedanken, Palantee, die rothaarige Schwester Dionles, in ihrem Blut liegen zu sehen. Ich haßte es, an Dionle als Tote zu denken, so sinnlich, eigensinnig und leicht reizbar wie sie war, grausam und voller Narrheit — meiner Ansicht nach steckte doch etwas Tieferes in Dionle, etwas das der richtigen Pflege bedurft hätte.

Sie war ein Mensch, der durch die Lebensweise zugrundegerichtet worden war.

Aber ganz gleichgültig, wessen Blut vergossen werden sollte, ich hatte die feste Absicht, meine Ceulna zurückzugewinnen und niemand, auch kein Zurückschrecken vor Blutvergießen sollte mich davon abhalten. Gor Regin würde sterben, sobald er vor meiner Scheibenwaffe auftauchte.

Wir stahlen uns in die Bankethalle. Hinter uns schwärmten die Kalfdji aus und verteilten sich. In dem schwachen Licht der Halle sahen sie aus wie Vogelscheuchen. Wild blitzten die Augen, sie bleckten die länglichen weißen Zähne. Die Jahrhunderte waren grausam mit ihnen umgesprungen, und ich wußte, sie würden alles Lebende in diesem Palast töten.

»Haben all diese Männer Ceulna mit eigenen Augen gesehen, damit sie sie nicht aus Versehen töten?« fragte ich Kalak.

»Ja, wir alle haben sie gesehen. Keine Angst, wir töten nicht grundlos.«

Ich war eben zu der Ansicht gelangt, daß unsere Suche fruchtlos bleiben würde, daß die Gebrüder Felojin sich zu gut versteckt hätten, als wir von hinten eine grausam kalte Stimme hörten:

»Laßt die Waffen fallen, oder ihr müßt sterben! Elende Kalfdji, habt ihr uns im Schlaf überraschen wollen? So dumm wie immer!«

Ich drehte mich blitzschnell um und sah Gor Regin und seinen buckligen Bruder auf einem Balkon. Jeder trug in der Hand eine vergrößerte Version der Scheibenwaffe, und ihr Standort war so, daß sie den gesamten Raum im Schußfeld hatten. Ich feuerte meine eigene Waffe auf Gor Regin ab, doch der Strahl brach sich, ohne Schaden anzurichten, an einem durchsichtigen Schirm, der den Balkon schützte. Dieser Schirm war beinahe unsichtbar, und es mußten sich kaum wahrnehmbare Öffnungen darin befinden, durch die sie feuern konnten. Gor Regin zielte mit seiner großen Scheibe auf den Boden zu meinen Füßen. Ich sprang zurück, wobei ich meine Waffe fallen ließ.

Ich sah keinen Sinn darin, mich töten zu lassen. Die anderen folgten zögernd meinem Beispiel.

Unsere kleine Vergeltungsexpedition war nicht weit gekommen. Wir standen hilflos vor den Waffen der Kerkermeister Ceulnas. Innerlich tobte ich über mein Unvermögen, dem selbstsicher lächelnden Gor Regin beizukommen. Hinter ihm stand seine rothaarige Schwester und in meinen Ohren hallte die metallische Stimme Dionles wider, die über unseren Mißerfolg frohlockte.

## 9

Der Traumzustand war etwas, das dem Altengeschlecht weit besser verständlich war als uns. Er diente verschiedenen Zwecken, und es gab Maschinen und Strahlen, die eigens zur Schaffung des Traumzustandes dienten, der wiederum zur Erholung des Bewußtseins benutzt wurde. Im Zustand des Traumes erscheint dem schlafenden Bewußtsein alles als wahr, Suggestionen und Befehle haben auch später -- im Wachzustand — noch eine gewisse hypnotische Wirkung. Außerdem benutzte das Altengeschlecht den Traum so universell, wie wir den Film — für Erziehungszwecke etwa, dann zur Unterhaltung und sogar zur Ausschweifung. Der induzierte Traum kann alles das sein, was der Steuermann des Traum-Mechanismus wünscht, und seine Wirkungen auf den Träumenden können gewaltig und heimtückisch sein, weil sie seine Natur auch im Wachzustand beeinflussen können. Das alles wußten Eltona und die große, nicht bewegliche Hirnmasse sehr gut. Nur die starke Anziehung, die sie in Menta für sich erzeugt hatte, veranlaßte ihn, sich auf diese Weise ihr auszuliefern. Ich sage »ihn« — weil das große Bewußtsein der Nebelstadt mir männlich zu sein schien. Genaugenommen hielt ich ihn für ein Neutrum.

Eltona wurde klar, daß jahrhundertelanges Entbehrenmüssen wirklichen Vergnügens in ihm ein enormes Bedürfnis nach Unterhaltung geweckt hatte. Und diese Tatsache bot ihr die Gelegenheit, in ihm eine Haltung zu erzeugen, die sie wünschte. Freilich war die Natur des großen Verstandes kristallhart geworden während seiner jahrhundertelangen Mühsal als bewegende Intelligenz der gesamten funktionellen Maschinerie, die den komplexen Organismus der Nebelstadt wirksam arbeiten ließ. Jetzt war sein Charakter felsenhart, und nur die wirksamsten Maßnahmen konnten einen so lange führungslos gebliebenen Herrscherwillen ändern, einen Willen, den man ihm als Sicherheitsvorkehrung gegen das menschliche Element eingebaut hatte, das vielleicht versuchen würde, die Herrschaft über die Nebelstadt zu erringen. Daß dies nun trotzdem eingetreten war, mußte — so meinte Eltona — in der Katastrophe und dem überstürzten Aufbruch seinen Grund gehabt haben, somit in Umständen, die die Periode der großen Auswanderung des Altengeschlechtes gekennzeichnet hatten.

Das Nebelhirn war als eine Art Herrscher geschaffen worden, als selbstloser mechanischer Monitor, und die Felojin hatten seine Natur schon vor langer Zeit ihrer natürlichen funktionsgemäßen Entwicklung beraubt. Als Folge davon hatte sich sein frustrierter Herrscherwille in ihm aufgestaut und hatte seine jetzige Eskapade verursacht und aus einem von Natur aus guten Roboterverstand vom Typ Monitor eine zerrüttete, halbirre und mit schweren Mängeln behaftete Persönlichkeit gemacht. Eltona richtete sich darauf ein, seinen Mangel zu korrigieren, indem sie ihm superlebendige Träume verschaffte, in denen seiner Sehnsucht stattgegeben wurde, Träume, in denen das Nebelhirn als Herrscher fungierte, als gerechter, gütiger Herrscher seiner Nebelstadt, inmitten aufregender, bewegter Zeiten und Ereignisse. Der Traum, den sie schuf, nahm viel Zeit in Anspruch, und die Tage verstrichen, während sie gegen die Frustration des Nebelhirns ankämpfte und versuchte, in ihm die Illusion der Befriedigung zu schaffen, die sein gegenwärtiges Überzeugtsein von ungenügenden vergangenen Erfahrungen ersetzen sollte. Auf diese Weise, hoffte sie, würde er sich nach dem Erwachen so fühlen, als hätte er sich in vollen Zügen ausgelebt, und er würde eher bereit sein, sie und ihre Amazonen-Kohorten als Freunde zu akzeptieren und nicht als Untertanen, die seinen Befehlen widerspruchslos gehorchen mußten.

Und das alles mußte sie auch noch gegen seinen Willen tun, da er nicht ganz fest schlief. Er hatte einen großen und fähigen Verstand und hielt einen gewissen Teil seines Hirns wach und bereit, jeglichem Versuch ihrerseits, ihm die Macht zu entziehen, sogleich entgegenzutreten.

Während sie eine Traumwelt schuf, die so angelegt war, daß sie dem Nebelhirn uneingeschränkte Freude bereiten sollte, beobachtete sein Verstand Eltona mit halbwacher Aufmerksamkeit, und die

Tuon konnten inzwischen ohne Verzug ihre Operationsbasis, die nunmehr wahr Hauptstadt der Venus, in die Höhlen unterhalb von Nicosthene verlegen.

In dieser Zeit stattete Onua, begleitet von Circona, dem großen Geist, genannt Etidorpha, einen Besuch ab, jener sonderbaren Form des Lebens, die genau im Mittelpunkt der Venus nach der Auswanderung der Alten zurückgeblieben war.

Etidorpha hatte Circona um diesen Besuch gebeten, denn alle, die sich noch ein Verständnis für die Natur des Lebens der Alten bewahrt hatten, hegten unendliche Zuneigung zu Circona, dem Kind der Alten, das man im schützenden Plasmablock gefunden hatte. Für Wesen wie Etidorpha stellte Circona das letzte Bindeglied zur Zeit der Alten dar, eine Wiedergeburt der alten Herrlichkeit, eine Art Messias. So kam es, daß Etidorpha, als eine riesige weiße Wolke, bestehend aus Lebensstoff, die im Inneren der Venus vor den alterbringenden Sonnenstrahlen Schutz gefunden hatte, aus dem Abgrund des Planeteninneren hochwallte, um das Kind der Alten zu umarmen.

Das Unsterbliche begegnet dem Kind Unsterblicher! Ein grenzenloser, fremdartiger Verstand aus endloser Vergangenheit umfängt das Kind von Menschen, die er vor Äonen kannte — es war eine Zusammenkunft, die Onua nicht ohne Tränen mitansehen konnte. Zu stark und bedeutungsschwer waren die Gedankenströme, die zwischen den beiden flossen. Onua floh vor der Qual der Erinnerungen aus vergangener Zeit, die zwischen den zwei großen Geistern der Unsterblichen ausgetauscht wurden.

Wie sie so dastand — auf einem schmalen Sims über dem unendlichen Abgrund — war Circona eine heroische Gestalt in ihrem schlichten weißen Gewand. Sie streckte die Arme aus, um die quellenden Nebelschwaden zu empfangen, welche die brodelnde Masse sonderbar organisierter Lebenskraft aussandte.

Sie durchdrangen zunächst Circonas Leib, doch dann verdichteten sich die Nebelschwaden, die die Arme Etidorphas darstellten, sie wurden immer dichter und wanden sich um das Riesenkind. Schließlich hob Etidorpha das Riesenkind mit ihren Nebelarmen hoch und trug es hinunter, immer weiter, bis in den Mittelpunkt des Abgrundes, der zugleich der Mittelpunkt der ganzen Venus war. Stunden vergingen, und Onua entfloh der Finsternis jener Höhle, in die sie sich zurückgezogen hatte.

Onua blickte hinab in die nebligen Tiefen dieses Raumes, suchte nach einem Zeichen von Circona, legte sich zu guter Letzt hin und schlief während des Wartens ein.

Als sie erwachte, stand Circona über ihr, wiedergekehrt zwar, aber nicht als dieselbe! Das Kind hatte sich zur Frau gewandelt. Der Geist des Abgrunds hatte ihr in der langen Vereinigung etwas gegeben, das aus dem unreifen Kind eine nachdenkliche Erwachsene gemacht hatte, die sich der Qual, der Bedeutung und der Enttäuschung bewußt war, die das Leben mit sich bringt, die sich überdies ihrer eigenen hervorragenden Stellung innerhalb der Rangordnung der Dinge bewußt war. Da stand nicht mehr die lachende Circona, sondern eine Frau mit ernstem, wissendem Blick.

Ihr herrlicher Leib strömte die fahlen, unsichtbaren Strahlen aus, die das Kennzeichen der Diener Etidorphas waren.

»Hast du eingewilligt, Etidorpha zu dienen?« fragte Onua, befremdet über die Veränderung in dem Kind, das sie als ihren Schützling ansah, obwohl dessen geistige Fähigkeiten ihren eigenen vielfach überlegen waren.

»Mitnichten, Onua, ängstige dich nicht! In ihr ist nur Gutes. Sie konnte nicht umhin, mich mit der seltsamen und andersartigen Energie ihres Körpers zu durchdringen. Keine Angst, es hat mir keinen Schaden zugefügt. Ich habe viel Wissenswertes erfahren, das ich vorher nicht begriffen habe. Und dieser helle Lebenssaft wird mir fürderhin anhaften und mir dann Kraft verleihen, wenn ich sie am dringendsten bedarf. Und sollte ich sterben wie ein Sterblicher, würde ich nicht ganz tot sein, denn jener Teil von ihr, der in mir lebt, würde zu Etidorpha zurückkehren und genügend von meiner Persönlichkeit mitnehmen, um ein Wesen fortleben zu lassen, das man wieder Circona nennen könnte. Sie hat mir auf diese Weise ihr eigenes Leben gegeben. Es ist gar nicht notwendig, daß du das zu verstehen versuchst.«

Traurig geleitete Onua ihren in Gedanken versunkenen Schützling zu dem Schwebeschlitten, der sie hinunter in den Abgrund getragen hatte. Traurig stellte sie die Steuerung für die lange Rückfahrt nach Nicosthene ein. Sie hatte ihr Kind verloren.

In dem großen Kontrollraum, in dem das Nebelhirn seit ewigen Zeiten auf seinem Piedestal aus Metall thronte, mühte sich Eltona mit dem Traummechanismus und den Stimulationsstrahlen ab, um dem zerrütteten Verstand von Menta neue Einsichten zu vermitteln.

Eltona entging die leise Bewegung oben auf der Treppe, da sie von ihrer Arbeit völlig eingenommen war und ihre Aufmerksamkeit dem solidographischen Schirm widmete, auf dem die endlosen komplexen Gedanken des Nebelhirns gezeigt wurden und sich zum erstenmal seit Jahrhunderten entspannt und gelöst hatten.

Menta, dessen Wachsamkeit nachgelassen hatte, als er merkte, daß Eltona es nur gut mit ihm meinte, schlief friedlich. Sein ganzes Bewußtsein entspannte sich in dem reinen Vergnügen über die Bilder, die ihm Eltonas mächtige und geübte Phantasie entwarf — sie vermittelte ihm einen persönlich für ihn geschaffenen Traum, durch den der Streß der leeren Jahre von ihm genommen werden sollte.

Dionle war es, die von der Treppe her zusah, den Körper geschmeidig und sprungbereit, um beim ersten Anzeichen einer Gefahr zu fliehen. Schimmerndes schwarzes Haar krönte ihr wutverzerrtes Gesicht, die Augen leuchteten panthergleich in ihrer Wachsamkeit, der silberne Leib bewegte sich geräuschlos wie der einer Schlange. Immer näher kam sie. In ihrer Hand hielt sie eine Scheibenwaffe, ihr Blick war auf einen großen Hauptschalter an der Basis des Nebelhirns gerichtet.

Mit einem plötzlichen Satz hatte sie den Schalter erreicht und ihn abgedreht. Jetzt wandte sie sich mit wildem Auflachen nach Eltona um. Die Scheibenwaffe in ihrer Hand zitterte, in ihrem Blick formte sich der Entschluß zu feuern, sich von der Gefahr, die von dem mächtigen weiblichen Roboter drohte, zu befreien.

Eltona sah benommen auf, denn sie hatte sich eben noch tief mit den geistigen Verwicklungen eines Gehirns befaßt, das viel mächtiger und weitaus fähiger als ihr eigenes war. Jede ihrer Eigenschaften war darauf ausgerichtet, Menta zu verstehen und alles in ihren Kräften Stehende zu tun, um ihm zu helfen.

»Nun, Königin der Venus, du bist meine Gefangene! Soll ich dich gleich töten oder dich am Leben lassen, damit du Schmach erleidest?«

Eltona wußte, daß die gesamte Zukunft der menschlichen Rasse auf der Venus und auch auf der Erde in ihren Händen lag und bot ihre ganze Kraft auf, sich der wilden, schönen Gestalt Dionles durch geistig-telepathische Projektionen zu nähern, in ihr Zuneigung zu wecken und gütige, edle Gedanken in ihr zu erzeugen. Dionles Antlitz zeigte Erschrecken, als wären solche Gedanken in ihrem genußliebenden Bewußtsein noch nie aufgetaucht. Mit musikalischer und vor verhaltener Inhaltsschwere vibrierender Stimme sagte Eltona:

»Dionle! Ich habe dein Abbild in Mentas Gedankenträumereien gesehen. Er hat sich so lange nach dir gesehnt und aus diesem Grund darum gekämpft, sich von seinen Fesseln zu lösen — weißt du, warum Menta vor allem nach Freiheit strebte?«

Dionle gab keine Antwort. Sie schüttelte nur den Kopf, noch immer verwirrt wegen des plötzlichen Auftauchens fremder Bilder und Impulse in ihr.

»Weil er deinen Charakter vor Einflüssen bewahren wollte, die aus einem edlen Kind eine schlechte, sündige Kreatur machen. Weil er wußte, wohin dein Leben tendierte und weil er dich vor den Folgen deiner selbstsüchtigen Vergnügungssucht retten wollte. Menta hat dich als seine persönliche Verantwortung angesehen. Du und deine Brüder — ihr habt ihm Hilflosigkeit auferlegt, und deswegen konnte er dich nicht vor dem Verfall retten, der dich unweigerlich treffen wird!«

»Pah!« Dionles Stimme verriet tiefste Verachtung. »Wie alle übrigen versuchst auch du mich in einem Lügengewebe zu fangen. Es wird dir nicht gelingen. Und nun, marsch die Treppe hinauf, deine Freunde Jim Steel und Ceulna erwarten dich. Dazu noch einige unserer Feinde!«

Menta lag auf seiner Basis. Die pulsierenden Gedankenströme, die sein Leben ausmachten, waren durch den Schalter abgestellt worden. Damit war er von jeglichem Kontakt mit der Außenwelt abgeschnitten. Eltona warf einen letzten Blick zu der leblosen Masse hin. Sie wußte, daß alles, was sie für die Menschheit plante, jetzt von dem Finger abhing, den Dionle an den Abzug der Waffe preßte. Eltona sah, daß es Dionle reizte, die Waffe zu benutzen. Sie ließ sich daher auf keinen weiteren Wortwechsel ein und ging vor Dionle die Treppe hinauf.

## 10

Eltona betrat die Szene, als Gor Regin eben den Boden zu meinen Füßen mit dem tödlichen blauen Bolzen aus seiner übergroßen Scheibenwaffe beschoß. Halb bewußtlos von dem Anprall fiel ich zu Boden. Ich schüttelte den Kopf und wollte mich wieder aufrichten, als ich den herrlichen Leib Eltonas über mir sah. Sie bückte sich und stellte mich mit ihrer Roboter-Superkraft wieder auf die Beine.

»Du merkst es doch nie, wenn dich jemand vollkommen in der Hand hat«, flüsterte sie, und ich war nicht sicher, ob sie mir zublinzelte oder nicht. Irgendwie wurde mir klar, daß ich mich auf keinen Kampf einlassen sollte. Ich nahm an, sie meinte damit, wir sollten diesen stolzen, verdorbenen Felojin ihren Willen lassen und unsere Chance abwarten.

Meine Verbündeten, die Kalfdji, nahmen voll Verzweiflung vor mir Aufstellung. Eltona und ich bildeten den Schluß der Reihe. Die Brüder bugsierten uns in ein Gewölbe mit vielen Zellen unter dem riesigen Bankettsaal und schlossen uns zu zweit in eine Zelle ein.

Sie schienen es sehr eilig zu haben, enthielten sich jeglicher Prahlerei und liefen davon, sobald wir in sicherem Gewahrsam waren. Als Wachtposten ließen sie Tarquemon zurück. Dieser lief eifrig auf dem Gang zwischen den Zellen auf und ab. Gern hätte ich gewußt, wann diese Zellen angelegt worden waren, denn sie unterschieden sich deutlich von allen übrigen Bauten der Stadt. Das rohe Holz wies noch Spuren von Axthieben auf, die die Zeit noch nicht geglättet hatte. Eltona, die mich noch immer stützte, da ich unter der Einwirkung der Luftdruckwelle der Scheibenwaffe litt, war mit mir zusammen in einer Zelle eingeschlossen worden. Nach wenigen Augenblicken wußte ich, warum es die anderen so eilig gehabt hatten. Gor Regin und Dionle waren davongeeilt, um die Ausrüstung Mentas, mit der ich ihn versehen hatte, abzumontieren, ehe er einen Ausweg aus seiner mißlichen Lage gefunden hatte. Ich wußte es, weil das abscheulich süße Vibrieren des Bewußtseinszwanges wiedergekehrt war, das mein erster Eindruck in dieser Stadt gewesen war. Ich wußte, daß ich mich in kurzer Zeit wieder in jenem sinnlichen Traum befinden würde, der unsere Tage und Nächte ausgefüllt hatte, als Ceulna und ich von den programmierten Gedanken der Roboterstadt erfaßt worden waren.

Traurig sah ich Eltona an.

»Wißt Ihr, was Euch jetzt bevorsteht, Eltona?«

Sie lächelte andeutungsweise. Angst schien sie nicht zu haben.

»Ja, Jim Steel, ich weiß es. Ich kann ihre Gedanken lesen und kenne ihre Absicht. Dir und mir wird es eine Weile sehr schwerfallen, unsere Ehre reinzuhalten. Ceulna wird es gar nicht gefallen, wenn sie erfährt, daß wir uns in dieser Roboter-Stadt der Ausschweifung befinden. Aber wie können wir verhindern, was geschehen soll?«

»Eltona — Ihr habt früher einmal angedeutet, daß Ihr mich auf Eure seltsame Art lieben könntet. Falls das wahr ist und falls Ihr Ceulna ebenso liebt, werdet Ihr Eure überlegenen Kräfte einsetzen und diesem erotischen Zwang widerstehen, gleichgültig, ob ich selbst dazu imstande bin oder nicht.«

»Vielleicht ja, vielleicht aber auch nicht. Wer würde es denn je erfahren, Jim? Wir werden wahrscheinlich ohnehin bald sterben. Wäre es denn so schrecklich, in meinen Armen zu sterben, Jim? Hegst du denn keine Zuneigung zu mir?«

»Ich bin verheiratet, und ich liebe meine Frau!«

»Wenn du erst tot bist, wird dir niemand mehr verübeln, was du im Leben getan hast.«

»Eltona! Treibt Ihr Scherz mit mir oder meint Ihr ernsthaft, was Ihr da sagt?«

Der unheimliche Zwang der traumartigen Stimulation gewann an Macht, und die unwiderstehliche Schönheit des Roboterleibes steigerte sich immer mehr, während meine Fähigkeiten und Sinne sich auf den unerwünschten Reiz einstellten.

Als mein Bewußtsein immer tiefer in den ekstatischen Traum hineinglitt, auf den die Nebelstadt jetzt programmiert war, nahm Eltona mein Haupt in ihre Arme und preßte mich an ihre Brust.

»Fürchte dich nicht, Jim. Was immer auch geschehen wird, Ceulna wird es verstehen, falls wir überhaupt so lange leben.«

»Eltona, Euch gebührt eine ordentliche Strafpredigt«, murmelte ich, während meine Sinne immer tiefer in den Liebestraum versanken und meine Lippen Eltonas Mund suchten.

Von draußen vernahm mein immer stumpfer werdendes Bewußtsein Gor Regins tiefes Lachen und dann Ceulnas sich überschlagende, wütende Stimme:

»Wenn ich es nicht mit meinen Augen gesehen hätte, hätte ich es nicht geglaubt! Mein eigener Mann und diese mechanische Schlampe! Niemals wieder werde ich ihr voll Ehrerbietung gegenübertreten. Führt mich weg, Gor Regin! Hoffentlich werde ich dieses saubere Pärchen nie wieder sehen!«

Einen Augenblick lang gelangte ich unter dem Peitschenhieb dieser schneidenden Stimme wieder zu vollem Bewußtsein. Ceulna mit Gor Regin! Langsam nahm mein Bewußtsein auf, was es gehört hatte. Allmählich konnte ich mir auf die Ereignisse einen Reim machen. Gor Regin hatte das alles geplant! Er hatte Ceulna von dem unheimlichen Zwang freigehalten und zwar mit demselben Mittel, mit dem Noralin Ceulna schon einmal befreit hatte. Ceulna wußte nicht, daß das Roboterprogramm wieder die Stadt lenkte! Sie glaubte, daß Eltona und ich freiwillig untreu waren. Ich stieß Verwünschungen aus und ließ mich auf die Holzbank fallen. Eltona, die offenbar nicht mitbekommen hatte, was eben geschehen war, sank neben mir zusammen. Wieder meldete sich der beständige unwiderstehliche Zwang, besänftigte meine Wut, meine Angst vor den Folgen und das Gefühl des Verlustes. Ich stellte mir vor, daß Ceulna vielleicht nur zu willig bei Gor Regin Trost suchen würde. Und das beständige Vibrieren des betäubenden Roboter-Programms wollte nicht aufhören, so daß mich das alles gar nicht mehr wirklich kümmerte.

Die große Nebelsphäre hatte sich neben dem verlassenen Ekippe festgesetzt. Der Strahl aus dem offenen Auge glitt suchend über die Stadt hinweg. Glitt hinunter, in die darunter liegenden Höhlen — und beobachtete die letzten der Getreuen Eltonas, wie sie ihre Gleitschlitten bestiegen und nach dem fernen Nicosthene aufbrachen.

Der größte Teil der Arbeit und die Früchte der Planung Eltonas waren verloren.

Elend war es um die Herzen ihrer Getreuen bestellt, denn Eltona war aus dem Nebelauge, das sie geschluckt hatte, nicht wieder zurückgekehrt.

In Nicosthene setzten Circona und Onua die Arbeit fort, doch wollte ihnen nichts Rechtes gelingen ohne das Führergenie der schöpferischen Anführerin.

Unter den schwarzen Völkern flammte ein Aufstand gegen die Regierung auf, die Mers brachen alle Kontakte ab, die Macht, die die ganze Venus beherrscht hatte, lag brach und ungenützt, während Circona zögerte und sich zu keinem Vorgehen entschließen konnte. Sie brachte es nicht über sich, Tod zu verursachen — und wie sonst ist eine Rebellion niederzuschlagen, als durch Krieg?

Auch Onua gebrach es an Entscheidungskraft. Sie war nicht

fähig, sich mit aller Kraft in die Risiken eines Krieges zu stürzen und die Zukunft der Menschheit aufs Spiel zu setzen. Sie war dazu einfach nicht imstande.

Bis zur Rückkehr Eltonas galt es also, auf der Stelle zu treten. Und während die große Nebelstadt ihre Existenz bedrohte, konnte keine Entscheidung getroffen werden.

Circona entschloß sich schließlich, für den Fall eines Strahlenangriffs durch die Nebelstadt, eine entsprechende Abwehr aufzubauen.

Ich erwachte aus meiner Benommenheit und wußte nicht, ob Tage oder Wochen vergangen waren. Vor der noch immer verschlossenen Tür stand Palantee, die statuenhafte große flammenhaarige ältere Schwester Dionles, und spähte zwischen den Stäben hindurch. Sie lächelte amüsiert, während sich der Blick ihrer grünlichen Augen geheimnisvoll mit meinem erstaunten Blick traf.

Ich sah mich in der Zelle um und versuchte mich nach dem Zauber der Liebestollheit erzeugenden Vibrationssteuerung wieder zu orientieren. Ich wußte, daß ich jetzt gefühlsmäßig entwurzelt war. Ein Blick auf Eltona zeigte mir, daß sie sich noch immer in Liebestrance befand. Ihr Körper bebte in Verzückung, der Blick war abwesend und von innerer Sehnsucht erfüllt.

Der kleine silberne Stab in Palantees schmaler blasser Hand sagte mir, wie es gekommen war, daß ich nicht mehr unter dem Einfluß der Steuerung von außen stand.

»Warum habt Ihr mich berührt?« fragte ich und sah ihr in das nachdenkliche Gesicht.

»Weil ich ein Bedürfnis habe, das Ihr vielleicht stillen könnt, großer Steel. Wie Ihr wißt, seid Ihr nicht unattraktiv, und ich bin eine Frau, die so lange allein gewesen ist, daß ich daran gar nicht mehr denken mag. Sehe ich aus wie eine, die für ein einsames Leben geschaffen ist?«

Ich verneinte mit einem Kopfschütteln.

»Gewiß nicht, Palantee.«

»Ich habe so lange in Träumen gelebt, bis ich sie satt hatte. Ich fühle mich von Euch angezogen und dachte mir, wir könnten die Möglichkeit eines Bündnisses wenigstens in Erwägung ziehen. Meine zwei Brüder scheinen mich als eine Art notwendiges Übel anzusehen. Wollt Ihr mit mir gemeinsam über die Nebelstadt gebieten?«

Ich kniff die Augen zusammen. Ich war zu erstaunt und wußte nicht, was von ihren Worten zu halten war.

»Was habt Ihr im Sinn?«

»Wir könnten uns sehr gut die Macht in der Stadt aneignen. Ihr könnt dann Eure Freunde befreien, die für mich übrigens keine freundlichen Gefühle hegen. Gemeinsam könnten wir die Stadt an jeden beliebigen Punkt der Welt schaffen und in Ewigkeit leben. Ihr wißt, wie sich das Leben in der Stadt abspielt. Mit ihren nie versiegenden Quellen könnten wir gemeinsam so viel anfangen. Habt Ihr gewußt, daß die Stadt auch für den Raumflug ausgerüstet ist?«

»Das glaube ich nicht! Die Erbauer hätten sie in diesem Falle mitgenommen.«

»Sie haben viele Schiffe zurückgelassen, die zur Überwindung des Raumes geeignet sind. Und diese Nebelstadt eben auch. Meiner Ansicht nach hatten sie gar nicht die Absicht, sie zu verlassen. Ursache ihres Verschwindens war der Tod — es geht darüber eine Legende unter uns um. Also — unter anderem könnten wir in dieser gewaltigen Maschine Raumfahrten unternehmen.«

»Die Wahrheit ist, daß ich Ceulna liebe. In meinen Augen kann sich keine andere Frau mit ihr messen. Ich würde Euer Angebot ja gern annehmen, aber wie könnte ich, wenn mein Herz einer anderen gehört?«

Ihr schönes Gesicht rötete sich vor Zorn. Dann zog sie die nackten Schultern verächtlich hoch.

»Na, dann wird Euch folgende Tatsache nicht eben erfreuen: Sie liegt in Gor Regins Armen und hält Euch für einen Schürzenjäger. Warum schlagt Ihr sie Euch nicht aus dem Kopf?«

Da fühlte ich einen leichten Stoß an meinem Knöchel. Ich sah herab und merkte, daß Eltona mich mit dem Fuß getreten hatte. Plötzlich wurde mir klar, daß der Roboter für die Vibrationssteuerung nicht so empfänglich gewesen war, wie ich zunächst angenommen hatte. Eltona hatte Theater gespielt! Als ich sie genauer ansah, merkte ich, daß sie mir heimlich zublinzelte. Nun erst kam mir zum Bewußtsein, daß ich mich wie ein Narr benommen hatte, weil ich nicht so getan hatte, als würde mir Palantees Angebot, Verrat an ihren Brüdern zu begehen, schmeicheln und mich begeistern. Palantee hatte sich bereits halb zum Gehen gewandt, das reizvolle Gesicht zeigte Gekränktsein, in ihren Augen tauchte die Furcht vor irgend etwas auf, das ich nicht verstehen konnte.

»Geht noch nicht, Palantee! Ich fühle mich von Euch ebenso angezogen wie Ihr von mir. Zusammen könnten wir uns ein Leben schaffen, das wert ist, gelebt zu werden. Warum sollen wir es zulassen, daß uns unsere Treue aller Dinge beraubt, die wert sind, daß man sie besitzt?«

Sie drehte sich blitzschnell um. In ihren dunklen Augen war ein Leuchten aufgeflammt. Der schlaffe, verzweifelte Ausdruck war aus ihrem Gesicht gewichen.

»Wollt Ihr, Steel? Könnt Ihr mich so lieben, wie ich es brauche? Könnte ich Euch das sein, was eine Frau mit den verschiedenen Leben, die ich gelebt habe, einem Mann sein möchte? Es gibt so vieles zu besprechen — so viele Dinge, die ich jemandem erzählen möchte, der soviel Verständnis aufbringt wie Ihr. Ich weiß so vieles, das zu wissen einem allein nichts nützt. Wie sehr ich doch einen Mann wie Euch brauche!«

Ihre Worte durchdrangen die Mauer der Abwehr, die ich seit meiner ersten Begegnung mit den Felojin gegen sie aufgebaut hatte. Sie hatten hier in dieser mächtigen Stadt so viele Möglichkeiten zur Verfügung gehabt — und hatten damit weniger als nichts anzufangen gewußt. Doch da — vor mir — war jetzt echtes Verlangen nach Wertvollem, Spuren von Vorstellungskraft und Phantasie. Etwas in ihrem schönen Gesicht und vollkommenem Körper drückte das ewige Streben der Menschheit nach Weiterentwicklung aus — und sie wollte mich als eine zu diesem Ziel führende Leiter benützen. Jetzt spielte ich mit, weil mir das Zeichen, das Eltona gegeben hatte, den Weg der Klugheit gewiesen hatte. Aber ich fühlte mich wie ein Lump, während ich Palantee so täuschte.

»Ich verstehe Euch, Palantee. Ihr seid die schönste Frau, die ich je gesehen habe und ich sehe keinen Grund, warum sich zwischen uns nicht wahre Liebe entwickeln sollte, wenn wir die Chance nützen. Ich gebe Euch mein Wort, daß ich Euch so lieben werde, wie Ihr die Liebe braucht — nun, da meine Ceulna sich einem anderen zugewandt hat.«

Ein flüchtiges, kaum wahrnehmbares Lächeln huschte über Eltonas gespielt verzücktes, hingerissenes und maskengleiches Antlitz. Ich wußte nicht, daß sie sich verstellt hatte, seitdem Gor Regin zu uns hereingesehen hatte und zu der Meinung gelangt war, wir stünden beide unter dem Einfluß der Roboter-Vibrationen, welche die Nebelstadt steuerten. Ich wußte, sie spielte die wenigen Karten, die uns zur Verfügung standen, so geschickt als möglich aus — und ich mußte dasselbe tun. Die Zukunft der ganzen Menschheit lag in den Händen Eltonas. Ihre Weisheit und ihre Fähigkeiten allein konnten die Menschen aus dem Morast des Sonnentodes und der Degeneration ziehen, der sie so tief hatte sinken lassen, seit das Altengeschlecht die Sonnenplaneten für immer verlassen hatte.

Palantee zog einen Schlüssel aus ihrem schimmernden Gürtel, drehte ihn im Schloß herum, und die Zellentür schwang auf. Obwohl ich mich wie ein Halunke fühlte, trat ich hinaus, und sie schloß Eltona allein in der Zelle ein. Ich sah ihr zu, wie sie den langen schmalen Schlüssel wieder in ihren Gürtel steckte.

Die Vollkommenheit ihrer flammenhaarigen Schönheit war mir schon vorher nicht entgangen, doch jetzt, da ich die vom Schicksal mir zugewiesene Rolle spielen mußte, wirkte diese Schönheit auf mich ganz anders als früher. Sie entstammte einem alten Geschlecht — einem Geschlecht, bei dessen Entwicklung die Hände der Götter selbst noch im Spiele gewesen waren, und was diese Propheten der Alten berührt hatten, war zur Vollkommenheit geraten. Doch Jahrhunderte des Müßigganges hatten sie auf das jetzige Niveau gedrückt, sie waren jetzt Menschen, die zu jeder Schurkerei fähig, zu ethischem Denken und Handeln jedoch unfähig waren.

Ihr Trachten nahm den Weg des Verrates an ihren Brüdern. Wie gerechtfertigt diese Haltung auch gewesen sein mochte — sie schien kein Zittern zu kennen, keinerlei Schuldgefühl bei dem Gedanken daran, daß sie sich gegen jene wandte, die ihr vertrauten.

Beim Anblick der Flammen in ihren tiefgrünen Augen wußte ich, daß ich mit Dynamit spielte und daß ein falscher Zug meinerseits gleichzeitig mein letzter sein konnte. Sollte Palantee je zu der Erkenntnis gelangen, daß ich sie nicht begehrte und daß ich sie nicht als meine zukünftige Lebenspartnerin betrachtete, würde sie nicht zögern, mich zu töten. Das brauchte sie erst gar nicht in Worte zu fassen. Es war aus ihrem entschlossenen Kinn, ihrer ganzen Haltung abzulesen, die besagte: Ich bin keine Frau, mit der man spielen kann!

Und doch hatte ich die Absicht, ein Spiel mit ihr zu treiben. Auch wenn ich Kratzer davontragen sollte, mußte diese flammenhaarige Tigerin zusammen mit ihren Brüdern und ihrer sinnlichen rachsüchtigen Schwester im Käfig landen.

Als wir uns auf die zum Bankettsaal führende Treppe zu bewegten, vernahm ich hinter uns einen leisen Schrei. Eltona spielte ihre Rolle fabelhaft und tat so, als beklage sie den Verlust ihres Geliebten.

Und in meiner Brust war ein alter Schmerz erwacht, der Schmerz und die schreckliche Erkenntnis des Verlustes, den ich damals gefühlt hatte, als ich Ceulna an Nonur verloren hatte. Damals aber war es unvermeidlich gewesen und nicht durch unsere eigene Schuld geschehen — doch diesmal war es anders. Das Mißverständnis, das mir Ceulna jetzt entrissen hatte, war mit einem Gefühl der Ungerechtigkeit des Schicksals behaftet, das auf irgendeine Weise noch ärger war als der Verlust. Daß Ceulna von mir dachte, was sie, wie ich wußte, denken mußte, war unerträglich. Wie konnte sie nur glauben, daß meine Liebe sich einer anderen zugewandt hatte — noch dazu ausgerechnet Eltona, die wir beide schätzten und so hoch achteten. Doch wußte sie auch, daß Eltona bei unserer ersten Begegnung ihre Künste auf mich hatte einwirken lassen — sie wußte, daß ich mich von ihr angezogen fühlte. Ceulnas Irrtum war also verständlich.

»Warum machst du ein trauriges Gesicht, Jim Steel? Du trägst nicht die glückliche Miene eines Bräutigams zur Schau?« Palantees Stimme war ruhig, aber dahinter atmete Leidenschaft, eine fragestellende Besitzgier, die rasch zu eifersüchtigem Zorn aufflammen konnte, wenn sich ihr auch nur der leiseste Anlaß bot.

»Ich dachte eben an Ceulna und wie ihre Liebe, die ich für so groß gehalten habe, sich in Haß gegen mich verwandeln konnte, so daß sie sich in die Arme eines anderen warf. Ich mußte daran denken, daß auch du dich eines Tages einem anderen zuwenden wirst — einem augenblicklichen Verdacht oder einer plötzlichen Aufwallung der Wut folgend. Ich habe mir die Frage gestellt, ob so etwas wie wahre Liebe tatsächlich existiert oder ob es nur eine Illusion ist.«

Sie wandte sich mir so plötzlich zu, daß mich die Veränderung an ihr erschreckte — so stark war das Gefühl, das zur Flamme in ihr aufloderte.

»Jim Steel — ich bin nicht wie diese anderen! Du darfst mich nicht mit Maßstäben messen, die du an Sterbliche anlegst — nein, auch nicht mit jenen, die du an solche Roboterwesen wie Eltona anlegst. Ich habe einst einen Mann geliebt, ganze Menschenalter sind seither vergangen, so scheint es mir. Er wurde in einem Kampf mit den Kalfdji getötet, als unser aller Leben hier in der Stadt an einem Faden hing. Mit seinem Tod hat er für uns das Leben erkauft. Meine Liebe zu ihm ist keinen leichten Tod gestorben. Ich zog mich in die Traumwelt zurück und blieb dort so lange, daß ich auch jetzt nicht weiß, ob ich wache oder schlafe. In diesen von den Alten geschaffenen Träumen habe ich viele Dinge erfahren, die Menschen wie dir verschlossen bleiben. Ich bin keine Närrin, Steel — ich kann unser Leben schön und lebenswert gestalten — intensiver und lebendiger als jede Erfahrung, die du dir vorstellen kannst. Ich weiß es. Du bist diesem Mann sehr ähnlich, Steel. Zusammen können wir mächtig sein, Herren der Venus, falls es diese Macht ist, die du anstrebst. Warum solltest du hinnehmen, daß ein Roboter alle Macht und Herrlichkeit besitzt, die dein sein könnte? Warum bist du Eltona gefolgt?«

»Weil sie klüger und fähiger ist. Ohne ihre Fähigkeiten wäre ich schon lange tot. Aus Dankbarkeit und Bewunderung bin ich ihr gefolgt.«

»Ich verfüge über Klugheit und über Fähigkeiten, die so groß sind wie die des Roboters — wenn auch auf anderen Gebieten. Du wirst sehen, es wird die Zeit kommen, da wirst du froh sein, daß ich dich unter allen Männern der Venus zum Gefährten erwählt habe. Du wirst froh sein, daß kein Gedanke an Ceulna je wieder deine Stirn trüben wird.«

»Ich bezweifle deine Worte nicht, du Schöne! Ich zweifle vielmehr an meinem Vermögen, mir deine Zuneigung erhalten zu können.« Ich versuchte es bei ihr auf die alte Tour und doch — wenn die Lage anders gewesen wäre, wenn ich nicht an Eltona gebunden gewesen wäre, an Circonas Traum, draußen im kalten All eine Zufluchtsstätte für das Menschengeschlecht zu schaffen — wie gern hätte ich akzeptiert, was diese Frau mir bot. Hätte Ceulna nicht meine geistigen Barrieren einer solchen Verbindung gegenüber ins Wanken gebracht, hätte ich ganz andere Gefühle gehegt. Aber so, wie die Dinge lagen, kämpften zwei Seelen in meiner Brust. War es klug, sie zu hintergehen? Würde sich hierzu überhaupt eine Chance bieten? Würde ich, wenn ich erst ihr Vertrauen und ihre Zuneigung errungen hatte, kehrtmachen und sie betrügen können? Und doch mußte ich es tun, denn die Zukunft der menschliche Rasse hing von Eltonas Freiheit ab. Ohne ihr uraltes Wissen, das die idealistischen jugendlich-kühnen Pläne Circonas verwirklichen konnte, würde die Menschheit wieder den Weg zur Größe verlassen, das Geheimnis der Lebensverlängerung verlieren, das im Wissen um die Zerstörungskraft der Sonne und in den Plänen lag, Venus und Erde wieder zu verlassen, wie einst die Vorfahren der Menschheit. Ich mußte diese schöne, liebeshungrige Frau betrügen, mußte ihre Liebe gewinnen und sie sodann Eltona als Gefangene ausliefern.

Mit diesen widerstrebenden Gedanken folgte ich der hochgewachsenen vollkommenen Schönheit, sah, wie in ihrem herabwallenden Haar Funken sprühten, sah die stolze Haltung des Hauptes auf dem ebenmäßigen Nacken, den kühnen freien Schritt.

Immer weiter führte sie mich die Treppe hinauf, die zum Turm Dionles führte, wo ich die Jüngste der Familie zum erstenmal gesehen hatte.

Sie führte mich in jenes staubbedeckte zeitvergessene Gemach voll seltsamer Mechanismen und noch seltsamerer Assoziationen. Auf der Bank vor einem Fernsehschirm kauerte Dionle.

»Spiel das Band ab, Schwester«, sagte Palantee zu Dionle. Dabei klang eine grimmige Note in ihrer Stimme auf, die während des langen Weges hier herauf so süß und verlockend, so aufrichtig und Liebe heischend geklungen hatte. Ich erschrak, hatte aber kaum Zeit, mir richtig darüber klar zu werden, was ich da angestellt hatte.

Dionle bedachte mich mit einem hinterhältig-triumphierenden Lächeln, entnahm dem Apparat, vor dem sie gesessen hatte, eine Drahtspule und steckte sie in das Play-Back-Fach. Gehorsam begann der Apparat die Szene abzuspulen — da war also ich selbst, wie ich hinter Palantees anmutigem Rücken einherging, meine Augen auf die lockenden Hüften und den aufreizenden Gang gerichtet. Und dann hörte ich meine Stimme:

»Ich gebe Euch mein Wort, Palantee, daß ich Euch lieben werde, wie Ihr die Liebe braucht, nun, da meine Ceulna sich einem anderen zugewandt hat.«

Dionle änderte die Einstellung, und der Apparat spulte zurück. Die Szene wurde wiederholt, diesmal langsamer — nur daß jetzt auch die feinen kleinen Stimmen meiner und Palantees Gedanken zu betäubendem Volumen verstärkt waren. Wie eine Laus fühlte ich mich, als meine Gedanken vor den zwei Schwestern so erbarmungslos bloßgelegt wurden:

»Wenn ich sie bloß einwickeln könnte! Dann könnte ich sie

überrumpeln und Eltona befreien. Ich versuche es bei ihr auf die gute alte Tour und bringe auf diese Weise die Stadt wieder in meine Hände. Ich werde dem Roboter Menta seine Arme wiedergeben. Und Eltona wird wissen, was mit diesen zwei Weibsbildern geschehen soll. Die glauben wohl, sie könnten die ganze Venus zum Spielplatz ihrer Lügen umfunktionieren. Sie glauben, sie können Jim Steel zum Spielzeug degradieren!«

Immer weiter redete meine innere Stimme, berichtete von meinem Betrugsplan, und Palantee hörte alles, bis zu dem Augenblick, als wir den Eingang des Wachtturmes der Nebelstadt betraten. Ihre Augen sprühten Smaragdfeuer eines grimmigen, gerechten Zornes. Meine Knie gerieten ins Zittern, und Dionles Gesicht bot eine Studie des Triumphes, als sie fragte:

»Palantee, was glaubst du, sollen wir mit ihm anfangen, mit ihm, der unsere Gefühle mißbrauchen wollte? Was für ein dummer Mensch! Er weiß nicht einmal, daß man seine Gedanken verbergen muß.«

Palantees Antwort kam mit ruhiger Stimme, doch klang die gebändigte Leidenschaft durch. Sie war die personifizierte betrogene Liebe, sie war das erniedrigte Weib, und sie war fähig und willens, ihren Zorn an mir auszulassen. Sie sprach ruhig und verächtlich, wobei jede Silbe vor unterdrückter Emotion bebte.

»Jim Steel, du bist kein Mann, dem man ein Wort glauben kann. Wie alle anderen Männer bist du wertlos in den Augen jener, die du als Verbrecher ansiehst. Niemand könnte es mir verargen, wenn ich dich auf der Stelle töte, dir qualvoll das Leben ausbrenne und so die Erniedrigung sühne, die du mir angetan hast!«

Ich stand da wie erstarrt. Ich sagte kein Wort, denn Worte konnten mir jetzt nicht weiterhelfen. Langsam zog sie aus dem glitzernden Gürtel um ihre schmale Taille einen Silberstab, so wie Tarquemon, der Bucklige, ihn hatte. Seine Anwendungsweise kannte ich noch immer nicht. Langsam richtete sie ihn auf mich, und blitzartig flammte ein Strahl goldener Energie auf. Ich fiel in einen schwarzen Abgrund des Nichts.

# 11

Circona, deren Aktivität und Fähigkeiten sich seit ihrem langen und mystischen Zusammensein mit Etidorpha verdoppelt hatten und auf deren Schultern jetzt die ganze Verantwortung für das »Projekt Überleben« der menschlichen Rasse lastete, wurde zu einem Wirbelwind an Betriebsamkeit.

Aus dem weit überlegenen Gedächtnis und den überaus genauen Verstandeskapazitäten der Roboter absorbierte sie alle Einzelheiten, denen Eltona ihre Zeit gewidmet hatte und mit enormem Eifer schritt sie an die Reorganisation der Truppen, die ihr seit der Flucht aus Ekippe geblieben waren.

Was die Vorbereitungen des Nachschubs und weiterer Auswanderungstransporte in den Raum betraf, so wurde es immer klarer, daß sie die Arbeit nicht fortsetzen konnten, solange die Nebelstadt neben Ekippe lag und eine ständige Bedrohung bildete, die sie jederzeit vernichten konnte.

Circona beschloß daher, ihre Zeit zur Entwicklung einer Waffe zu verwenden, die sie von dieser Bedrohung erlösen und gleichzeitig ihre Anführerin Eltona befreien würde. Daß sie Ceulna und Steel dabei als unbedingt notwendig oder wichtig ansah, stimmte nicht, aber die vorwurfsvollen Augen von Onua, ihrer rechten Hand, gemahnten sie ständig daran, daß die Amazonen es nicht für ehrenhaft hielten, mich und Ceulna einfach fallen zu lassen, ohne auch nur einen Befreiungsversuch zu unternehmen. Circona wurde auch klar, daß das völlige Ignorieren der Nebelstadt mit der Zeit eine zu große Last und Hemmnis zur Folge haben und außerdem demoralisierend wirken würde.

Circona setzte einen großen Teil ihrer Arbeitskräfte bei der Entwicklung einer großen Metallscheibe ein, auf der sie eine Unzahl von Mechanismen aufmontierte, die sie aus den entferntesten Lagerräumen in den Höhlen hatte herbeischaffen können. Diese Konstruktion machte schnelle Fortschritte, soweit die Natur des Projektes es erlaubte. Das Gebilde maß einige Meilen im Durchmesser, und viele Details der Mechanik wurden nach Beratungen mit Etidorpha noch verändert. Circona war nämlich zur Einsicht gelangt, daß auf der ganzen Venus nur Etidorpha einen Einblick in die Konstruktion der Nebelstadt haben konnte.

Die Monate vergingen schnell, und die große Scheibe wurde zu einer Stadt, bestehend aus Maschinen, in der es von Arbeitern wimmelte, die Kontakte überprüften, Steuerungssysteme einbauten und den großen Auftrag, den Circona ihnen gegeben hatte, ausführten.

Was Circona da baute, war eine große Kampfmaschine, die auf denselben Prinzipien beruhte wie die Nebelstadt, jedoch nur Angriffs- und Verteidigungswaffen enthielt.

In der Nebelstadt verlebte indes Ceulna die Tage in einem Taumel, gemischt aus Schmerz, Trauer und falscher Verzückung, alles von den Stimulations-Mechanismen herrührend, welche die Felojin ständig benutzten, um die trüben und langweiligen Tage lebenswert zu gestalten.

Tag um Tag schob Gor Regin den Konflikt mit den unterirdischen Höhlen hinaus, Tag um Tag redete er sich ein, daß er ohnehin alles besaß, was er sich nur wünschen konnte. Warum also das alles in fruchtlosem Konflikt aufs Spiel setzen?

Palantee drängte ihn, sich mit der Stadt wieder in die Lüfte zu erheben und das neue Zentrum der Truppen Eltonas auszuforschen und es zu vernichten. Ceulna riet davon ab, und meinte, die Truppen wären ungefährlich, man solle sich ihretwegen keine Sorgen machen.

Dionle, die über die Verzögerung wütend war, weil sie und ihre Schwester auf diese Weise als Satelliten Gor Regins herumsaßen und nur warteten, blieb in ihrem Wachtturm. Eine der Türen des großen Maschinenraumes oben im Turm führte zu meiner Gefängniszelle. Dort lag ich nun, an allen Gliedern gefesselt.

Jeden Tag öffnete Dionle meine Zellentür, bedachte mich mit einem Tritt oder mit Schlägen und stellte Essen auf den Boden. Gelegentlich machte sie sich gar nicht die Mühe, das Essen in einem Behälter zu bringen. Hin und wieder sah auch Palantee herein und lachte verächtlich über mein langes Gesicht.

»Du hast dir dein Schicksal selbst zuzuschreiben, warum also verziehst du dein Gesicht?« pflegte sie zu fragen, und ich sah sie dabei wortlos an. Es gab ja nichts, was ich hätte sagen können. Ich kam mir als der Dumme vor, wenn sich unsere Blicke begegneten.

Als ich in Ketten erwacht war, nachdem mich eine Ladung der goldenen Strahlen des Silberstabes erwischt hatte, erkannte ich, daß der Stab eine Waffe war, die nicht tötete, sondern sämtliche Nerven des Körpers betäubte, so daß eine Dosis genügte, um einen Menschen für ein oder zwei Tage bewußtlos zu machen. Zweifellos führte eine längere Einwirkung zum Tode, weil die Nerventätigkeit zu lange aussetzte. Aus irgendeinem Grund hatte Palantee mich nicht getötet, sondern hier in Dionles Turm eingesperrt.

Als die Tage verstrichen, wurde mir langsam klar, daß diese zwei Frauen auf einen Mann aus waren. Aus der Stadt konnten sie niemanden wählen, weil das ihr Stolz nicht zuließ. Sie wollten also aus der Stadt heraus, um sich Männer zu verschaffen, die ihrer Natur entsprachen. Das Verlassen der Stadt jedoch bedeutete, daß sie altern und sterben mußten wie alle anderen Menschen auf den Sonnenplaneten. Daß Gor Regin und Tarquemon, ihre Brüder, ihnen im Wege waren, war klar. — Übrigens war keiner von denen zu stolz, sich Partnerinnen zu nehmen, wo und wann sie sie fanden. Tarquemon hatte ein Haus in der Stadt, das einen Harem enthielt, den er sich unter den Primitiven ausgesucht hatte.

Gor Regin besaß ein ähnliches Haus voll Weiber, hielt dies aber vor Ceulna geheim. Das hatte ich den Gesprächen der Schwestern entnommen, als ich in meiner Zelle lag.

Meine Achtung für Dionle und Palantee stieg, als mir klar wurde, daß sie, anders als ihre Brüder, sich keinen Männerharem aus den Primitiven der versklavten Bevölkerung eingerichtet hatten. Dazu kam, daß der Mangel an Initiative bei ihren Brüdern es verhindert hatte, daß die Nebelstadt die Vorherrschaft auf der Venus gewann, was an sich leicht zu erreichen gewesen wäre. Daß es den beiden Schwestern noch nicht geglückt war, sich gegen ihre Brüder zu erheben und ihre Wünsche durchzusetzen, konnte ich nicht verstehen. Mir wurde auch klar, daß Palantee sehr lange auf jemanden wie mich gewartet haben mußte. Aber warum brauchte sie Hilfe, um die Macht in der Stadt an sich zu reißen? Ein Bündnis mit den Kalfdji hätte ihr genug Männer für dieses Vorhaben verschafft.

Mehrere Menschenalter lang hatten die Schwestern sich vor der Notwendigkeit des Handelns gedrückt — und in die mechanischen Träume geflüchtet, in eine Unterwerfung unter die Gewohnheit des Träumers. Daß sie im Träumen die bessere Möglichkeit sahen, die Zeit zu verbringen, als auf der Suche nach Lust wie ihre Brüder, konnte ich verstehen. Vielleicht war es die Herrlichkeit und Schönheit der Träume der Alten, die es ihnen unmöglich machten, die körperliche und geistige Unterlegenheit solcher Menschen wie der

Guaymi zu akzeptieren. Das wäre für jeden verständlich gewesen, der jemals das Erregende, die Schönheit, den mächtigen Verstand und die überragenden physischen Qualitäten kennengelernt hatte, wie sie in den Berichten der Alten zu finden waren, die den mechanischen Träumen zugrundelagen.

Ich nahm an, daß die beiden Schwestern Appetit auf das Leben draußen bekommen hatten, wenn sie die Tätigkeit der Getreuen Eltonas beobachteten, den Rückzug Circonas und Onuas, das Leben der verschiedenen Rassen unter dem Banner des Altenroboters. Damit verbunden war ein Ekel vor den Träumen und der Fruchtlosigkeit der Träume, die ihr Leben so lange beherrscht hatten. In ihnen war ein neues Ferment wirksam geworden, das neue Ideen und Gelüste hatte gedeihen lassen. Der Wille zum Herrschen hatte das frühere Hinnehmen der Ordnung ersetzt. Früher oder später würden sie sich ein erfülltes Leben schaffen, ob es den Brüdern paßte oder nicht.

Daß sie — falls ihnen Erfolg beschieden sein sollte — Circona und Onua auszuschalten versuchen würden, bezweifelte ich nicht. Und daß sie damit alle unsere Pläne über den Haufen warfen, war unvermeidlich.

Daher bombardierte ich sie täglich mit Argumenten: Die Robotertruppen Circonas wären unbesiegbar, die Tuons ebenfalls unüberwindlich und die Roboterstadt nur zur Verteidigung ausreichend gerüstet. Sie hörten mir zu oder schrien mich an, ich solle gefälligst den Mund halten, oder aber Dionle riß die Tür auf und schlug mich mit einem Leitungskabel.

»Ihr würdet viel mehr von eurem Leben haben, wenn ihr Eltona freiließet und ihrer Führung folgt, wie ich es getan habe. Sie hat den Verstand, ein lebenswertes Leben aufzubauen. Dann gäbe es kein Verkriechen hier im Turm, mit der bloßen Sehnsucht nach dem Leben, während es verrinnt. Ihr habt eine völlig falsche Einstellung . . .« Das alles pflegte ich vorzubringen, und darauf reagierten sie mit Schweigen. Dann fuhr ich meist fort: »Eure Brüder verfahren mit der Nebelstadt wie es ihnen beliebt, und das bringt euch wenig Gutes. Ihr habt nicht einmal einen Gemahl, der euch erfreut und wenigstens Liebe in euer Leben bringt. Ihr habt nichts und könntet doch alles haben.«

So ging es, Tag für Tag, bis ich schließlich merkte, daß die Schwestern aufmerksam auf etwas warteten, etwas, das — wie sie wußten — unweigerlich eintreten würde: das Nachlassen der Wachsamkeit ihrer Brüder in Bezug auf die großen Strahlenwaffen, die nun seit Mentas Wiederversklavung in ihrer Hand waren.

Da begann auch ich in aller Stille abzuwarten, denn die Zeit würde sicher für uns arbeiten — die Brüder waren nur zu zweit.

Da Gor Regin wußte, daß Circona früher oder später merken würde, daß die Nebelstadt nicht mehr unter der Herrschaft des mächtigen Robotergehirns Menta stand und angreifen würde, begann er Männer auszuheben und zu einer Kampftruppe auszubilden, die es verstand, die großen Strahlenwaffen zu handhaben.

Bei dieser Arbeit erwies sich Ceulna als unbezahlbar, da sie jahrelange Erfahrungen in der Truppenausbildung besaß und genau wußte, wie man sich der Loyalität und Willigkeit der Mannschaften versicherte. Gemeinsam hatten sie bald beinahe fünfhundert Mann, die rasch lernten, mit den großen, weitreichenden Strahlenwaffen, welche die Stadt umgaben, ein Ziel anzuvisieren und zu feuern.

Während ich von dieser Aktivität Gor Regins durch Bruchstücke aus Gesprächen Palantees und Dionles ganz nebenbei Kenntnis erhielt, erkannte ich, daß die Zeit nunmehr mit Gor Regin im Bunde war und nicht mit Circona und Onua. Ich betete um die Chance, Circona wissen zu lassen, daß die Nebelstadt nicht mehr von dem mächtigen Robotergehirn, sondern von den verhältnismäßig schwachen Brüdern Felojin regiert wurde. Wenn sie jetzt zum Angriff überging, ehe die Rekruten voll ausgebildet imstande waren, die Luftüberwachung zu übernehmen, die ansonsten nur ein Gehirn wie Menta auszuüben imstande war (wobei ihm eine riesige Steuerungsanlage die vollständige und sofortige Kontrolle über jede Waffe in der Stadt vermittelte), wäre Circona im Vorteil gewesen, auch dann, wenn ihre Waffen sich mit denen der Nebelstadt nicht vergleichen konnten.

Wenn sie aber zuwartete, würde sich Gor Regin mit der Zeit eine Truppe heranziehen, die die Funktionen Mentas übernehmen konnte — und das Ziel wäre für Circona weitaus schwieriger zu erreichen gewesen. Während ich so dalag und mir sehnlichst wünschte, über die Entfernung hinweg mit Circona Kontakt aufzunehmen, drang eine leise Stimme an mein Ohr — eine Stimme, die ich als jene Mentas erkannte.

»Fremdling, dem ich Dank schulde, bist du es, der hier hilflos und gefesselt liegt?«

Begierig gab ich Antwort. Es war mein erster Kontakt mit jemandem von außen, seit Palantee mich niedergeworfen hatte. Das erste Zeichen einer Hoffnung seit Monaten, die seither vergangen sein mußten.

»Ja, mächtiger Roboter, ich bin Jim Steel, der Erdenmensch.« Meine Gedankensprache war drängend, und ich fragte hastig: »Kannst du das Bewußtsein Circonas erreichen, das Kind der Alten, so wie du mich erreichst?«

»Ich weiß es nicht, Fremdling. Schon der Kontakt mit dir bedeutet für mich eine große Anstrengung. Aber ich kann es ja versuchen.«

»Sie ist sehr sensibel, es ist also vielleicht nicht so schwer wie du glaubst. Auf der Erde gibt es Menschen wie mich, die auf telepathischem Wege über riesige Entfernungen ohne jedes Hilfsmittel sprechen können.«

»Aber welchen Grund sollte ich haben, mit ihr zu sprechen?«

»Menta, wenn du ihr sagen könntest, daß du die Herrschaft über die Stadt verloren hast und daß jetzt wieder die schwächlichen Felojin am Ruder sind — dann wird sie einen Angriff starten und dich befreien. Wenn du sie aber nicht schleunigst erreichst, wird Gor Regin eine Truppe haben, die mit den mächtigen Waffen der Stadt umgehen kann und jeden Angriff abwehrt. Sag ihr das so bald als möglich.«

»Ich werde es versuchen. Gewiß könnte sie mir zur Freiheit verhelfen. Ich bin elend, abgeschnitten vom Leben, nichts ist mir geblieben, außer der Wartung der Maschinen.«

»Es war dein großer Fehler Menta, daß du Eltona nicht trautest. Es war ein Fehler, sie gefangenzunehmen. Sie hätte dein Leben interessant gestalten können — so daß es alle Träume weit übertroffen hätte.«

»Ich glaube es jetzt. Die Dinge haben sich so entwickelt, daß ich einsehe, daß es falsch war, sich nur auf sich selbst zu verlassen. Wenn ich bloß ein Volk hinter mir gehabt hätte — Tuons, das Mer-Volk oder irgend jemand anderen — das alles wäre nie passiert.

»Beim nächsten Mal laß dir von uns helfen. Und jetzt versuche sie zu erreichen. Sag Circona, sie soll jetzt angreifen. Später wird es nur schwieriger werden. Gor Regin gewinnt Tag für Tag mehr an

Stärke.«

Mentas Stimme kehrte nicht wieder und ein weiterer Tag schleppte sich dahin. Doch in der fahlen Nacht des künstlichen Lichtes stahl sich ein Strahl in meine Zelle, und ich hörte Ceulnas Stimme zum erstenmal, seit sie mir den Rücken gekehrt hatte.

»Jim, Jim — wach auf!«

»Ich bin wach, du schöne und treulose Kreatur. Ich glaubte immer, daß es unter allen Menschen auf der Welt jemanden gab, dem ich vertrauen konnte und der mir vertrauen und mich lieben würde, egal, was passiert — meine Ceulna. Es fällt einem schwer einzusehen, daß man sich geirrt hat.«

»Aber Jim, verstehst du nicht? Ich habe doch nur getan, was du bei Palantee auch versucht hast. Ich wollte Gor Regin nur hereinlegen. Nur ist mir eingefallen, daß man vielleicht auch mein Bewußtsein beobachtet, und deswegen habe ich meine Gedanken verstellt. Das hast du nämlich vergessen. Ich aber habe meine Chance abgewartet — die nicht gekommen ist. Aber jetzt ist etwas Seltsames aufgetaucht: Ein solches Schiff habe ich auf der Venus noch nie gesehen! Es nähert sich jemand mit einem riesigen Schiff, das der Nebelstadt sehr ähnelt und sogar Nebel um sich hat. Sei auf alles gefaßt!«

»Soll das heißen, du hättest gewußt, daß wir uns die ganze Zeit über unter dem Einfluß der Fremdsteuerung befanden?« Meine Stimme zitterte vor Erregung. Wie hatte ich nur annehmen können, Ceulna wäre so töricht, sich von einem so simplen Trick überrumpeln zu lassen?

»Natürlich habe ich das gewußt, Jim. Aber auch wenn ich es nicht gewußt hätte, würdest du es ja doch nie herausbekommen. Denk darüber nach, du Einfaltspinsel! Gor Regin ist, wie du weißt sehr attraktiv.

Mit dieser kleinen Drehung ihres Messers in meiner seelischen Wunde verließ sie mich. Der Strahl schwebte über der nebligen, turmbewehrten Stadt dahin. Ich wand mich in meinen Fesseln und fluchte. Wie konnte ich mich auf irgend etwas gefaßt machen — angekettet wie ein Äffchen auf einer Stange.

Jetzt war ich froh, daß das kleine Abenteuer mit der flammenhaarigen Palantee einen schlechten Ausgang genommen hatte. Ich hatte sicher schon genügend damit zu tun, Ceulna die Sache mit Eltona zu erklären. Das langte vollauf. Ich konnte mir gut vorstellen, wie sie mir wieder eine Standpauke halten würde.

In den Höhlen, tief unter dem Krater von Nicosthene, hörte Circona Mentas schwache und von weither kommende Botschaft. Zunächst konnte sie nicht glauben, was sie gehört hatte, doch als die Nachricht einige Male wiederholt wurde, bestätigten auch die Roboter das Vorhandensein der im Wege der Gedankenübertragung zugekommenen Botschaft. Menta hatte also die Gewalt über die Stadt wieder verloren!

Freudig schritten die Tuons zur Tat. Nacheinander hoben sich die schlanken, schimmernden Kampfschiffe in die Lüfte, um über der Wolkendecke auf Circonas jetzt vollendetes, riesiges, scheibenförmiges Schiff zu warten, das nach dem Vorbild der Nebelstadt geschaffen worden war. Als sich die mächtige Metallscheibe von drei Meilen Durchmesser mittels gewaltiger Antriebsaggregate in die Luft erhob, bildete sich unvermittelt eine Nebelschicht um das Gebilde, ein von Dynamos und Generatoren erzeugtes Kraftfeld, erdacht vom gewaltigen Verstand der unsterblichen Etidorpha. Nun verfügte Circona über ein Schiff, das ebenso groß, so gut bewaffnet und undurchdringlich abgeschirmt war wie die Nebelstadt selbst.

Umgeben von den verhältnismäßig winzigen Kriegsschiffen der Tuon-Kriegsflotten, flog die riesige Scheibe über der Wolkendecke auf das von Gebirgen umgebene Ekippe zu.

Zum Unterschied von der Nebelstadt, die zu dem Zwecke geschaffen worden war, alle schädlichen Energieeinwirkungen fernzuhalten, verfügte das scheibenförmige Schiff Circonas in seinem Nebel-Energieschutzschild über Hunderte von Augen. Die Nebelstadt war nur mit einem Auge ausgestattet. Doch hinter diesem einzigen Auge im Nebel, hinter der schützenden blauen Iris, befanden sich die mächtigsten Strahlen, die es auf der ganzen Venus gab.

Circona wußte nicht, über welche Strahlen die geheimnisvolle Stadt verfügte, konnte es sich aber ungefähr vorstellen.

Obwohl die Felojin die Annäherung der sonderbaren, nebelumhüllten Scheibe über den Wolken bemerkten, taten sie nichts, um der Bedrohung zu begegnen. Unten, am Boden, fühlten sie sich viel sicherer, so wie sie es viele Jahrhunderte lang in ihrem Dschungel gehalten hatten.

Gor Regin betätigte den Hebel, der die Iris des Auges öffnete, durch das nun alle seine Waffen feuerten. Langsam ließ er die große Stadt auf ihrer Basis rotieren, wobei sie durch Hebewerke — Auftriebsstrahlen, welche eine Reibung verhinderten — über dem Boden hochgehalten wurde. Er richtete das Auge auf das Riesenschiff da oben und setzte nach und nach alle ihm zur Verfügung stehende Feuerkraft seiner gewaltigen Waffen ein. Ein Strahl nach dem anderen, darunter Flammenstöße von Flußbreite, schossen schräg aufwärts der sich nähernden Scheibe entgegen, die von winzigen Pünktchen, als welche sich die spitznadeligen Schiffe der Kriegsflotte der Tuon darstellten, umgeben war. Die Vernichtungsstrahler flammten am Nebelenergie-Schild auf, wuchsen zu großen Feuerfontänen empor, rosig, blau, gelb und grün. Fontänen vielfarbiger Funken entsprangen dem Energie-Schild, als die mächtigen Strahlen auftrafen.

Wie wild drehte Gor Regin an den Schaltern der Intensiveinstellung und jagte massierte Strahlenbündel durch jede mögliche vernichtungbringende Wellenlänge hindurch. Die große Scheibe da oben schüttelte sie alle ab wie Wassertropfen. Ruhig und unbeirrbar kam sie immer näher und ging schließlich über Ekippe in Schrägfahrt nieder.

Über Gor Regins dunkle Stirn lief der Schweiß, das Haar hing ihm in Strähnen herunter, als er endlich abließ, Circonas neue Waffe anzugreifen. Er gab seinen Schützen den Befehl, die Kriegsschiffe, welche die Scheibe begleiteten aufs Korn zu nehmen.

Die großen Flammenstrahlen trafen ein Schiff nach dem anderen — tödlich getroffen trudelten sie zu Boden.

Circona gab sofort den Befehl, die ohne Schutzschild operierende Flotte solle sich zurückziehen, um abzuwarten, ob der Kampf eine Wendung nehmen und ihre Mitwirkung erlauben würde.

Circona brachte ihr scheibenförmiges Schiff direkt über der großen aus der Vergangenheit stammenden Nebelkugel zum Stillstand, so daß das Auge der Stadt nicht mehr auf sie gerichtet war. Gor Regin neigte langsam die gesamte Basis der Stadt, bis das Auge das Scheibenschiff wieder ins Visier bekam. Sogar auf diese knappe Entfernung gelang es seinen mächtigen Strahlen nicht, den Energie-Schild der Flugscheibe zu durchdringen. Circona begann die Nebelstadt zu umkreisen, immer schneller, so daß Gor Regin die Basis der Stadt auch drehen mußte, um das Auge dauernd auf sie richten zu können.

Bis jetzt hatte Circona noch keinen Schuß auf die Nebelstadt abgegeben. Dafür gab es eine Reihe von Gründen, der Hauptgrund war jedoch darin zu suchen, daß Menta mit jedem Apparat in der Stadt verknüpft war, wie das Gehirn eines Menschen mit jedem Körperteil verbunden ist. Sie wußte, daß ein erfolgreicher Schuß auf die Stadt und die Zerstörung auch nur eines Teiles für Menta unendlich Schmerz bedeutet hätte. Jedes Relais in Mentas Schaltanlage wurde von seinen Nervenenden betätigt, die mit Drähten angeschlossen waren. Verletzte sie auch nur einen Teilmechanismus der Stadt, konnte es für Menta den Tod bedeuten. Und Menta hielt sie über seinen Zustand dauernd auf dem Laufenden und drang in sie, einen anderen Weg zu finden, Gor Regin zu besiegen.

Außerdem hatte Circona Angst um Eltona und wollte auch deswegen keinen Schuß auf die Stadt abgeben. All ihre Zukunftspläne drehten sich um Eltonas Fähigkeiten. Circona ließ ihre riesige Scheibe einen Kreis beschreiben, ein wenig schneller nur, als daß Gor Regin folgen konnte, der die für Menta eingerichtete Steuerung der Stadt nur ungenügend beherrschte. Während sie die riesige Kugel umkreiste, fragte sie sich dauernd: Wie kann ich bloß gegen ein Ding kämpfen, dem ich keinen Schaden zufügen darf?

Da fiel ihr eine Lösung ein. Sie näherte sich der großen Nebelwand der Stadt und machte ihre Scheibe mit elektromagnetischen Greifern an der Metallbasis fest. Jetzt lagen die zwei mächtigen Mechanismen Seite an Seite, durch Magnetkraft miteinander verbunden. Gor Regin zerrte an seinen Hebeln und versuchte die Stadt in Drehung zu versetzen, um mit dem Auge das Scheibenschiff zu erhaschen — doch die Stadt rühte sich nicht von der Stelle. Dynamos summten, Stromkreisunterbrecher donnerten tief unten in der Basis der Nebelstadt, doch die Stadt rührte sich nicht vom Fleck.

Jetzt schleuderte Circona einen starken Schwall statischer Magnetik, die Eltona erfunden hatte, gegen die Nebelwand der Stadt. Sie hoffte, damit das Vibrieren der Metallwand, das gleichzeitig die schützende Nebelenergie hervorbrachte, zum Stillstand zu bringen. Langsam schmolz der Nebel im Brennpunkt ihrer Kraftstrahlen, und schließlich kam das blanke weiße Metall der Kugelwand säuberlich und hell zum Vorschein. Mit einem leisen Triumphschrei legte Circona die Hand auf den Hebel eines mächtigen Kampfstrahles, verkürzte die Brennweite auf wenige Meter und begann das ungeschützte Metall der Mauer, die die Stadt umhüllte, wegzubrennen. In Minutenschnelle war sie hindurch, und durch die von ihr geschaffene Öffnung strömten die Tuon-Amazonen in die Nebelstadt. In den Straßen erschienen jetzt die rollenden Kriegsmaschinen der Tuon, die auf Gleitschienen durch die Öffnung geschwebt waren.

Dreißig Minuten, nachdem Circona an der Metallbasis der Nebelstadt festgemacht hatte, rollten dreißig Ein-Mann-Strahlenpanzer über die breite Hauptstraße auf den großen, zentral gelegenen Palast zu, in dem Gor Regin wartete und verzweifelt den Standort seiner Feinde außerhalb der Stadt zu orten suchte.

Leise kicherte Menta in seinem großen Maschinenraum unter dem runden Palast vor sich hin, denn er spürte die Truppenbewegungen in der Stadt mit seinen Nervenenden, die mit den verschiedenen Steuerungssystemen in Verbindung standen, von denen wiederum Kabel in jeden Stadtteil liefen. Menta erkannte jede Person in der Stadt schon am Atemgeräusch, so wie ein Blinder Schritte erkennt.

Dionle sah die Strahlenpanzer, die sich mit ihren Durchdringungswaffen dem Palast näherten. Sie schaltete ihre eigenen Sichtstrahlen ein, erkannte die Tuonbesatzung, schrie auf — und weckte mich damit in meiner Zelle, weckte Palantee und warnte dann mit ihrem Strahl Gor Regin. Palantee war mit einem Sprung an ihrer Seite, erfaßte die Szene mit einem Blick und unterbrach die Energiezufuhr, gerade als Dionle den Mund zum Sprechen öffnete und Gor Regin eine Warnung zukommen lassen wollte.

»Laß ihn fallen! Wir waren mit ihm hier lange genug der Stagnation ausgesetzt. Alles ist besser, als auf diese Weise weiterzumachen.«

Dionle wandte sich mit wütender, verächtlicher Meine um.

»Diese Menschen werden uns töten, du Närrin!« Wie wahnsinnig schlug sie auf die kräftigen Arme ihrer Schwester ein, schlug sie ins Gesicht, und sie rangen um den Schalter des Strahlenmechanismus. Palantee war weitaus stärker.

»Wenn du dir je die Mühe gemacht hättest, fremde Gedanken genau zu lesen, kleine Schwester, würdest du wissen, daß wir keine bessere und klügere Führerin als diese Eltona und Circona, das Altenkind, finden könnten. Das habe ich in Ceulnas Bewußtsein gelesen, bei Jim Steel, und sogar Menta weiß, daß seine beste Chance für die Zukunft bei ihnen liegt. Ich bin nicht küger als Menta, und ich denke nicht daran, mir länger etwas vorzumachen. Wir Felojin sind keine Führernaturen, und wir haben unsere Möglichkeiten nicht genutzt. Unsere beste Chance liegt darin, uns einen klugen Führer zu suchen. Ich werde Jim Steel augenblicklich freilassen. Wenn wir das nur schon früher getan hätten ...«

Sie hielt ihre Schwester mit dem Arm fest, während sie zu meiner Zellentür ging, die Tür aufsperrte und mir die Schlüssel zu meinen Fesseln zuwarf.

»Raus von hier, Steel, macht Euch bei Euren Freunden nützlich. Ich habe genug von diesem törichten Kampf. Auch wenn meine Brüder siegten, hätte ich nichts davon. Mir reicht es jetzt!«

Ich gab keine Antwort, sondern widmete mich lieber dem Aufschließen meiner Handschellen. Sodann wollte ich eilig aus dem Turm.

Ein Zischen und Krachen kündete mir an, daß die Strahlenpanzer die Metalltüren des großen Gebäudes angegriffen hatten. Andersgeartete Geräusche von den Strahlenwaffen stammend, wie sie die Stadt verwendete, sagten mir, daß Gor Regins neue Rekruten versuchten, die Tuons innerhalb der Stadt niederzukämpfen. Mit einem speziellen Gerät vermag man nämlich alle charakteristischen Geräusche der Strahlen zu unterscheiden, aber für jemanden ohne Ausrüstung wie mich blieben viele Strahlen unhörbar. Ich vernahm jedoch ein mir neues Geräusch, ein wiederholtes tiefes Summen, das den Einsatz einer mir unbekannten Waffe anzeigte.

Als ich die sich verbreiternde Wendeltreppe des Turmes hinunterstürzte, kam ich an einer großen Nische vorüber, die immer Waffen enthalten hatte. Jetzt waren zwei Primitive da, die Gor Regin zu Kriegern umgeschult hatte. Unbeholfen hantierten sie mit den hochempfindlichen Geräten, sahen verwundert das Fadenkreuz auf den Fernsehschirmen und wußten nicht aus noch ein. Und die Tuon-Panzer kamen immer näher.

Das hatte ich flüchtig auf den Bildschirmen mitgekriegt, doch drei Schritte weiter wurde mir die Bedeutung dessen voll bewußt. Ich hielt an und lief zurück in den Raum, wo sich die zwei Primitiven befanden.

»Schießt diese Waffe nicht ab. Da draußen sind Amazonen, welche jene Menschen bekämpfen, die euch gefangenhalten. Wollt ihr eure Freunde zu Zielscheiben machen?«

Die zwei untersetzten Männer erschraken über mein Eintreten.

Ich stieß sie beiseite und ließ den Suchstrahl rasch über den Palast gleiten. Ich suchte Gor Regin. Vielleicht konnte ich noch ein paar Tuon-Leben retten.

Und ich entdeckte ihn!

Gor Regin stand mit dem Rücken zur Wand, die Hände nach oben gestreckt. In der Mitte des Raumes stand Ceulna mit wutentbrannter Miene, in der Hand eine Scheibenwaffe, in den Augen blanke Mordlust.

Leise schlich sich von hinten Tarquemon an, der eben aus einem Nebenraum gekommen war. Die bucklige Erscheinung wirkte in ihrer Verzweiflung noch bösartiger als sonst. In der Hand hielt er ein Messer.

Ich war mit dem Sichtstrahl also gerade rechtzeitig eingedrungen. Zwei Sekunden später hätte Ceulna eine Messerklinge in den Rükken bekommen.

Ich visierte Tarquemons Buckel an und rief:

»Wenn du das Messer nicht fallen läßt, verlierst du dein Leben!«

Tarquemon sprang beim Klang meiner Stimme los. Es macht sich eben niemals bezahlt, wenn man einem Bösewicht eine Chance gibt! Ich feuerte, während er sprang, und traf den Arm, mit dem er das Messer hielt. Sein Gewicht riß Ceulna zu Boden, und Gor Regin sprang augenblicklich auf die zwei fallenden Gestalten zu, entriß Tarquemon aus dessen schlaff werdender Hand das Messer und hielt es Ceulna an die Kehle. Er knirschte:

»Schieß jetzt, Jim Steel. Ich werde diese Klinge dorthin versenken, wo sie schon längst hingehört hatte!«

Tarquemon stand auf. Er hielt sich den angeschossenen Arm, Schmerz verzerrte sein Antlitz zu einer häßlichen Maske. Er ging an die große Sichtscheibe der Strahlenwaffen, visierte die Panzer in den Straßen an und feuerte. Ich aber konnte nicht auf ihn schießen, weil Gor Regin Ceulna das Messer an die Kehle hielt. Verzweifelt rief ich:

»Es wäre viel einfacher, wenn ihr euch jetzt ergäbet, statt zu warten, bis die Blutschuld so groß wird, daß man euch aus Rachedurst tötet!«

»Pah! Alles aufgeben für das klägliche kurze Leben eines Sterblichen? Wir werden im Kampf um diese Nebelstadt sterben, Steel. Soviel hättet ihr wissen sollen!«

»Eltona will ähnliche Städte bauen. Sie könnte euer Wissen um die Konstruktion gut gebrauchen. Seid vernünftig! Ihr reißt euch ja geradezu um den Tod, und ihr sollt ihn haben, wenn ihr Ceulna etwas antut— von mir persönlich!«

Während ich diese Szene der irren Verzweiflung beobachtete, kam aus dem Hintergrund eine hohe Gestalt in durchsichtigem goldgesternten Blau — die ernste und schöne Noralin. Sie ging auf Gor Regin zu, packte seine Hand, die das Messer hielt, das sogleich zu Boden klirrte.

»Tarquemon, laß das Schießen!« Ihre Stimme klang wie ein Peitschenhieb. Langsam und benommen stand Tarquemon auf. Gor Regin fluchte, hob die geballte Faust und wollte Noralin in das schöne Gesicht schlagen.

Doch etwas, das mächtiger war als er selbst, besänftigte seine Wut. Er senkte die Hand, wandte sich um und ließ sich auf eine Bank fallen.

Noralin nahm Ceulna in die Arme. Das erstaunliche Gehabe der Frauen traf mich wie ein Donnerschlag, als Ceulna, mein schneidiger Lausbub, die kriegerische Amazone, an Noralins Schulter zu weinen begann. Tränen der Erleichterung, die reichlich flossen!

»Mehr brauche ich nicht zu sehen«, wisperte ich ihr mit meinem Strahl ins Ohr. »Nächstens wirst du beim Anblick einer Maus auf den nächsten Stuhl springen!«

»Ach, sei doch ruhig!« Ihre wütende Antwort setzte mich noch mehr in Erstaunen. Offenbar schloß Ceulna eben Freundschaft mit Noralin.

Die Strahlenpanzer rumpelten unten durch den Eingang.

Auf den Treppen hallten die Laufschritte der Tuon-Amazonen, mein Bildschirm zeigte, wie Circona gefolgt von Onua, in den Raum stürzte. Hinter ihnen kamen Amazonen, blanke Klingen in der Hand.

»Sprecht, wo ist Eltona — oder Ihr müßt sterben!« Circona stand vor Noralin. Ihr Antlitz war schön wie das einer zornigen Göttin, ihre riesige Gestalt furchteinflößend. Ceulna wandte sich um. Circona war sichtlich erleichtert, als sie ihrer ansichtig wurde.

»Sie ist in Sicherheit, Circona. Jetzt seid Ihr da, und alle sind in Sicherheit, wie ich hoffe.«

Ceulna drehte sich wieder zu Noralin um und heulte an ihrer Schulter weiter. Circona legte ihr die Hand auf die Schulter . . .

»Ist dein Jim getötet worden, liebe Ceulna? Warum weinst du?«

Ceulna hob das tränenüberströmte Antlitz.

»Ich weine vor Glück, teure Führerin. Kümmert Euch nicht um mich.«

Ein Monat verging.

Die Wolkenschicht über der Venus durchschnitt ein langes, schwarzes Raumschiff.

Es gewann beständig an Geschwindigkeit und ließ die silbrige Perle der Venus als kleines Flammenpünktchen hinter sich.

Vorbei an der Umlaufbahn der Erde, ein rötlicher Punkt in weiter Entfernung, der immer mehr an Geschwindigkeit zunahm.

Vorbei an der Umlaufbahn des Mars.

Hinaus, hinaus in die reine Kälte des sonnenlosen Alls, weg von den lebensvernichtenden Kräften der Radioaktivität.

Im Inneren des Schiffes lagen fünfhundert Blöcke amberfarbiger Plastikmasse.

In den Blöcken reglose Formen von fünfhundert menschlichen Wesen.

Am Steuer saß ein Roboter, teilnahmslos, völlig unbeeindruckt von den Tiefen des Raumes rings um ihn, von der Geschwindigkeit, mit der sie durch das fürchterliche Nichts blitzten.

»Eltona — wir werden jeden Monat ein Schiff ausschicken.«

Circona, die Göttin aus dem lebensunterbrechenden Bernstein der Altvorderen, sah zu, wie das Schiff unsichtbar wurde. Sie sah ihm mit träumenden Augen nach, in denen die Pläne für die Kolonie geschrieben standen.

Eltona, deren Bewußtsein durch zwei Parallelstrahlen mit dem jüngeren Sproß des Altengeschlechtes in Verbindung stand, saß ruhig da, voll Vertrauen in das Erreichte.

»Bald werden wir täglich eines ausschicken können.«

Die zwei Herrscherinnen der Venus beobachteten lange Zeit den Himmel über der Wolkendecke, dessen Gestirne mittels Durchdringungsstrahlen auf den großen Bildschirmen sichtbar wurden.

Monate vergingen . . .

Vorbei an der Umlaufbahn des Mars — vorbei an der Umlaufbahn der Erde erschien ein rötlicher Punkt in weiter Entfernung.

Am Steuer ein Roboter, gleichgültig und ohne Schlaf.

In die schwarze Wolkendecke der Venus bohrte sich ein langes, schwarzes Raumschiff, das sich auf dem Rückflug befand.

Das Schiffsinnere — bar allen Lebens. Im Steuerraum, mit goldenen Nägeln befestigt, ein Stück Papier. Das war die ganze Fracht.

Und auf dem Papier stand in menschlicher Schrift ein einziges Wort: Erfolg!

ULLSTEIN 2000

Folgende
Science-Fiction-Romane
sind bisher erschienen:

*Poul Anderson*
Feind aus dem All
Ullstein Buch 2990

Die fremden Sterne
Ullstein Buch 3047

Entscheidung über
den Wolken
Ullstein Buch 3149

*Frederic Brown*
Sternfieber
Ullstein Buch 2925

*Arthur C. Clarke*
Vergessene Zukunft
Ullstein Buch 3103

*Samuel R. Delaney*
Sklaven der Flamme
Ullstein Buch 2828

*Peter van Greenaway*
Bruder der Gorgonen
Ullstein Buch 3090

*Cyril Judd*
Die Rebellion des
Schützen Cade
Ullstein Buch 2839

*Calvin M. Knox*
Verschwörung gegen die Erde
Ullstein Buch 3131

*Murray Leinster*
Die Irrfahrten der
»Spindrift«
Ullstein Buch 2917

Im Reich der Giganten
Ullstein Buch 2937

*C. C. MacApp*
Söldner einer toten Welt
Ullstein Buch 2968

*Larry Maddock*
Gefangener in Raum und Zeit
Ullstein Buch 2857

*Andre Norton*
Geheimnis des Dschungel-
Planeten
Ullstein Buch 3013

Die Sterne gehören uns
Ullstein Buch 3082

Sturm über Warlock
Ullstein Buch 3097

Wrack im All
Ullstein Buch 3160

*Mark Phillips*
Die Lady mit dem 6. Sinn
Ullstein Buch 3073

Kampf gegen die Unsichtbaren
Ullstein Buch 3119

*H. Beam Piper*
Null-ABC
Ullstein Buch 2888

Der verschollene Computer
Ullstein Buch 3167

*Eric Frank Russell*
Planet der Verbannten
Ullstein Buch 2849

Gedanken-Vampire
Ullstein Buch 2906

Der Stich der Wespe
Ullstein Buch 2965

So gut wie tot
Ullstein Buch 3007

Vergangenheit mal 2
Ullstein Buch 3055

*James H. Schmitz*
Dämonenbrut
Ullstein Buch 3022

Das PSI-Spiel
Ullstein Buch 3061

Welt im Würgegriff
Ullstein Buch 3110

*Richard S. Shaver*
Zauberbann der Venus
Ullstein Buch 2944

*Bart Somers*
Zeitbombe Galaxis
Ullstein Buch 2872

Welten am Abgrund
Ullstein Buch 2893

*L. Sprague de Camp*
Vorgriff auf die Vergangenheit
Ullstein Buch 2931

Der Turm von Zanid
Ullstein Buch 2952

Der Raub von Zeï
Ullstein Buch 2977

Die Rettung von Zeï
Ullstein Buch 3000

Thalia — Gefangene des Olymp
Ullstein Buch 3038

*L. Sprague de Camp / Fletcher Pratt*
Im Banne der Mathe-Magie
Ullstein Buch 3068

*James Sutherland*
Signale aus dem Kosmos
Ullstein Buch 3154

*Jeff Sutton*
Die tausend Augen des Krado 1
Ullstein Buch 2812

Sprungbrett ins Weltall
Ullstein Buch 2865

*Wilson Tucker*
Die letzten der Unsterblichen
Ullstein Buch 2959

Die Unheilbaren
Ullstein Buch 2981

Geheimwaffe Mensch
Ullstein Buch 3030

Zeit-Bombe
Ullstein Buch 3140

*Manly W. Wellman*
Insel der Tyrannen
Ullstein Buch 2876

Invasion von der Eiswelt
Ullstein Buch 2898

*Robert Moore Williams*
Zukunft in falschen Händen
Ullstein Buch 2882